NYONI NYONIA NYONE

Ngũgĩ wa Thiong'o

Thiomi cia Andũ Airũ

1. *Kaana Ngya* – David Maillu
2. *Ogilo Nungo Piny Kirom* – Asenath Odaga
3. *Miaha* – Grace Ogot
4. *Mĩikarĩre ne Mĩtũũrĩre ya Amĩrũ* – Fr. Daniel Nyaga
5. *Mũũgĩ nĩ Mũtaare* – Philip M. Ng'ang'a
6. *Mũrogi wa Kagogo (Mbuku ya Mbere)* – Ngũgĩ wa Thiong'o
7. *Mũrogi wa Kagogo (Mbuku ya Kerĩ)* – Ngũgĩ wa Thiong'o
8. *Mũrogi wa Kagogo (Mbuku ya Gatatũ)* – Ngũgĩ wa Thiong'o
9. *Mũrogi wa Kagogo (Mbuku ya Kana)* – Ngũgĩ wa Thiong'o
10. *Mũrogi wa Kagogo (Mbuku ya Gatano)* – Ngũgĩ wa Thiong'o
11. *Mũrogi wa Kagogo (Mbuku ya Gatandatũ)* – Ngũgĩ wa Thiong'o
12. *Mwandĩki wa Mau Mau Ithamĩrioinĩ* – Gakaara Wanjaũ
13. *Mũtaarani Mũgĩkũyũ* – Albert Wakũng'ũ
14. *Njamba Nene na Mbaathi ĩ Mathagu* – Ngũgĩ wa Thiong'o
15. *Ngaahika Ndeenda* – Ngũgĩ wa Thiong'o & Ngũgĩ wa Mĩriĩ
16. *Njamba Nene na Cibũ Kĩng'ang'i* – Ngũgĩ wa Thiong'o
17. *Caitaani Mũtharabainĩ* – Ngũgĩ wa Thiong'o
18. *He Gatũ Ngũhe Kanua* – John Gatũ
19. *Mutiiri Njaranda ya Mĩikarĩre:* Manja I. Iruta 1 – Ngũgĩ wa Thiong'o *et al*
20. *Mutiiri Njaranda ya Mĩikarĩre:* Manja I. Iruta 2 – Ngũgĩ wa Thiong'o *et al*
21. *Mutiiri Njaranda ya Mĩikarĩre:* Manja I. Iruta 3 – Ngũgĩ wa Thiong'o *et al*
22. *Mutiiri Njaranda ya Mĩikarĩre:* Manja I. Iruta 4 – Ngũgĩ wa Thiong'o *et al*
23. *Bathitoora ya Njamba Nene* – Ngũgĩ wa Thiong'o *et al*
24. *Esabaria yokorora ching'iti chiorosana* – Ezekiel Alembi
25. *Ogake Bodo* – Frank Odoi
26. *Ogasusu na Abasani Baye Aboro* – Anderea Morara
27. *Rwĩmbo rwa Njũkĩ* – Ngũgĩ wa Thiong'o
28. *Nyoni Nyonia Nyone* – Ngũgĩ wa Thiong'o

African Languages

NYONI NYONIA NYONE

Ngũgĩ wa Thiong'o

Mũcori wa mbica: Michael Mukuria

East African
Educational
Publishers

East African Educational Publishers

Nairobi • Kampala • Dar es Salaam • Kigali • Lusaka • Lilongwe

Published by
East African Educational Publishers Ltd.
Shreeji Road, off North Airport Road,
Embakasi, Nairobi.
P.O. Box 45314 - 00100, Nairobi, Kenya
Tel: +254 20 2324760
Mobile: +254 722 205661 / 722 207216 / 733 677716 / 734 652012
Email: eaep@eastafricanpublishers.com
Website: www.eastafricanpublishers.com

East African Educational Publishers also has offices or is represented in
the following countries: Uganda, Tanzania, Rwanda, Malawi, Zambia,
Botswana and South Sudan.

First published 2017

Mũkindĩro!
*Rũgano rũrũ, rwĩ mwandĩkĩre ũtarĩ mũhinyu, nĩ rwarutĩtwo mbukuinĩ ĩtagwo Imagine
Africa, na rĩtwa rĩa Rĩũmbũkĩra Abirika, ĩrĩa ĩhariirio nĩ Mũharĩria, Breyten Breytenbach.
No rũrũ, nĩ rwandĩke na kũrũngwo rĩngĩ rũgathomeka ta rũgano rwerũ na rĩtwa rĩerũ:
Nyoni Nyonia Nyone.*

ISBN 978-9966-56-191-6

Itega

Rūgano rūrū rūtegeirwo mūtumia wakwa, Njeeri wa Ngūgī,

Na ningī arīa othe macaragia ūrūmwe wa andū airū handū marūma: Abirika; Amerika yothe (Ya Gathigathini na ya Gūthini o hamwe na Kananda); Rūraya; na Karimbiani na tūcigīrīra twa bathibīki ta Fiji na tūcigīrīra twa Solomon; O hamwe na andū airū a India na a Irathīro-rīa-gatagatī, tuge Abirika na ciana ciayo thī ng'ima.

Na arīa othe metīkītie atī no mūhaka Abirika ītige kūnenganagīra ciayo na gathani nayo īgacoka kwara rūhī harī acio yanengera;

Na arīa othe maroiga atī no mūhaka Abirika īrūmie na īgitīre ūtonga waguo Abirika īīteithagie handū ha gūtūūra īteithagia Rūraya na Mabūrūri ma Ithūīro.

Ngatho nyingī kūrī:

Njoroge Njembura Njaū nī kūndeithia na mataaro maingī ngīandīka rūgano rūrū, o hamwe na mabu ya rūgendo rwa Mfuachuma.

Wambūi Gakere Njembura, mwandīki wa mbuku īrīa ītagwo, Rūthiomi, īrīa īkumītie thiomi cia Andū Airū

Gatua wa Mbūgwa, Mūrebeti njorua na Mūturi wa Ciugo, nī ūtaari mūingī harī ciugo cia rūthiomi na makīria iria ciīgiī cayanici.

Michael Mūkuria nī ūcori wake mbukuinī īno.

I

Rĩrĩa Wahu amũreheire gĩkombe gĩa cai, matumbĩ merĩ ma mboiro, tothi igĩrĩ cia thiagĩ na njemu o hamwe na tũmĩtura twĩrĩ hau aikarĩte barandainĩ, Mfuachuma akĩamba kũmũthathaya nda na ciara cia wendo na kũmĩigĩrĩra gũtũ ta aramĩthikĩriria, agĩcoka akiuga nĩ aigua kaana gakĩmwarĩria.

"Gagakwĩra atĩa?" Wahu akĩmũria.

"O cia cayanici na ũturi," akiuga. "Nĩ ta karamenya atĩ rũciũ ndorete Niuyoko mũgomano wĩgiĩ cayanici na ũturi, Abirika."

Mũtumia agĩkenga igego, akĩinia kĩongo hanini mwena na mwena. "Waniĩ, anga cayanici na ũturi ũyũ nĩ iragũtururia hakiri. Atĩ o na ndũnona toro ũtukũ wothe?"

"I wee? Ũramenyire atĩa ndinona toro, akorwo we ũrarĩ toro?"

"Nĩ we kũnjũkĩria, na kũbogotha gwaku. Na waga toro wora gĩtanda woka kũbogothera barandainĩ, ũkiugaga mwana wĩ nda nĩ arakwarĩria?" Wahu akiuga na akĩmũtiga hau barandainĩ, agĩcoka nyũmba thĩinĩ agĩthekaga hanini.

Mfuachuma aarĩ o na nguo cia toro: banjama cia maroro ma mahũa ma bururu, gĩkuo kĩa igũrũ gĩtune, na taritari cia gĩtĩĩri magũrũ. Rĩu agĩtambũrũkia magũrũ gĩtĩinĩ kĩu kĩa thoba hau barandainĩ ya nyũmba yao, atĩ acinacinwo nĩ kariũa ka rũciinĩ, atanakunda cai na kũrũma tothi. Kaũrugarĩ ka riũa gagĩtũma acemwo nĩ gatoro o agĩciragia cia mũgomano ũcio wa njorua cia cayanici na ũturi, Niuyoko.

O hamwe na mũgomano ũcio wa aturi, o kũu Niuyoko nĩ kwabangĩtwo mũcemanio ũngĩ atĩ wa kũhonokia Abirika. Ũcio warĩ wa atongoria a

Abirika kuonania atĩ othe maarĩ ngoroinĩ ĩmwe ikũriainĩ rĩa Abirika na njĩra ĩyo ya cayanici na ũturi; na ningĩ mamenye ũrĩa me gũthaitha mabũrũri o hamwe na makambuni marĩa matongu kũruta mbeca cia kũhingithia mĩbango ĩrĩa ĩgũcorwo nĩ njorua icio cia cayanici na ũturi. Kwoguo, mĩcemanio ĩyo yerĩ, o na ĩ na ũtiganu, yarĩ na muoroto ũmwe: gũkũria cayanici na ũturi. Mfuachuma nĩ eiguwaga e mũkenu nĩ kuona atĩ thirikari cia Abirika nĩ njarahũku meciria ikamenya bata wa cayanici na ũturi. Cayanici na ũturi no cio tu ingĩhonokia Abirika, akĩyarĩria o agĩcũngaga hau barandainĩ. No akĩrĩkia kuga ũguo, akĩigua mũgambo wamũkararia.

Aca, Abirika no yambire ĩmenye kĩrĩa kĩmĩrĩyaga, mũgambo ũcio ũkiuga.

II

Mfuachuma akĩarahũka agĩtĩnĩka wega, akĩanĩrĩra Wahu kũmũria,
atĩ woiga atĩa?

*Nĩ nĩĩ kanyoni karĩa rũganoinĩ guatũmirwo nĩ mũciairĩ kwĩra mũturi
ũratura aturature na ihenya ainũke mũtumia wake arahiũhĩriu nĩ irimũ.*

Mũtumia wakwa atagĩciarĩte, agĩtua kuuga, no akĩĩnyita o narua. Ũyũ
nĩ mũcang'ang'a wa kĩongo mũndũ agĩcũnga, akiuga, na agĩĩkia maitho
karũgiriinĩ karĩa gaathiũrũrũkĩirie nja. Mĩrĩyo ya mbugenibĩria mĩruru
mathangũ na mahũa ma rangi wa gakarakũ, yatambĩrĩire karũgiri kau.
Akĩanjia kũrigitha ritho one wega.

Kĩnyoni kĩirũ ci kĩarũngiĩ karũgirĩ igũrũ, kĩmũkũũrĩire maitho marakenga ũtheri. Rĩu naguo ũyũ nĩ ũgũrũki ũrĩkũ, akĩĩyũria o rĩngĩ, akĩrutaga mĩeyũ. Niĩ ndĩ njorua ya cayanici, na cayanici ĩĩhandaga ũndũinĩ ũrĩa ũrĩ ho, ũbiũinĩ. Niĩ ndirĩ wa gwĩtĩkia ng'ano cia marimũ. Njĩtĩkanĩtie na maũndũ ma biũ ti ũrimũ wa mabica ma marimũ kĩongo.

Atĩ mabica ma marimũ kĩongo? Tuge ndũretĩkia ũira wa maitho maku, mũgambo ũrĩa ũkiuga o rĩngĩ.

Akĩgeria kuoya kĩongo ere mũtumia wake atige itherũ areke akome ikai acoke anyue cai. No kĩongo nĩ ta gĩkĩ kĩaigĩrĩirwo ngũnia ya waru. Wa-a-a-ni-ĩ, ndekera ikai rĩmwe rĩa toro, akĩbogotha, akĩrutaga mĩeyũ, na akĩhinga maitho. No mũgambo ndwamũrekire.

Reke tũcenjanie ngoro, kana njuge mĩrĩ, wee woye wakwa, nanĩĩ njoe waku. No kĩhindainĩ gĩkĩ, o ta rũganoinĩ, ndĩ mũhũtu. Njikĩria mbarĩki cigana ũna, ndĩcimerie kĩrĩko kĩrũme.

Mūcang'ang'a ūyū ngūcang'ang'ania naguo ūgacang'ang'īre kūngī, Mfuachuma akiuga na akīigua ta ahingūka maitho.

Kīnyoni kīirū kīarī o ho rūgiriinī. Agīciria akīnyugutīre ihiga gīthiī. Akīhutia gīkombe kīrīa kīarī na cai agīciria nī ihiga, agīkīnyuguta na rūgiriinī, no gīkīregera harīa kīarī, ta gīkī kīhande thī na mīri. O aroretie maitho kīnyoniinī, akīamba gwīciria na kwīyarīria: Kaī itangīka ūrīa mūcayanici ekaga! Mūcayanici ndateng'agīra gūtua cira. Ihenya inene riunaga gīkwa ihatha. Mūcayanici nī kūngania kīrīa kīroneka, gūgīthima, gūkīgariūrania, nginya akanyita anja. Na kīngeretha tugaga atīa? *First data, then analysis! Good!* Nī gīa kūu gītikwenda thogithi, akiuga.

Agīikia kīenyū kīa mūgate na njemu hau nja. Kīnyoni gīkīoyoya mathagu gīkīūmba hau thī, na gīkīanjia gūkanya mūgate. Na kaī mathagu macio, Mfuachuma akiuga, o acūthīrīirie kīnyoni kīrīa. Nī ta ma mūraika. Ingīka atīa ngie mathagu ta mūraika? Ingīka atīa namo? Naguo mūgambo o ūrīa, ūkīmūcokeria.

No ūmbūke ūgerere rierainī igūrū rīa Abirika yothe na ūtuīrie kīrīa gītūire kīmīrwaragia. Ūthiī ūkīhūngaga ndeto haha na harīa. Ūcio nī guo mūtaratara wa cayanici na ūturi. Kūngania, kūgariūrania, kīrigainī hakoneka kīragūri! Korwo nii nī we ingīambīrīria ūtuīria ūcio mbukuinī ya Gīkuū ya Mithiri.

Reke akuū maikare kūrī akuū, akīyarīria, nii gīakwa gīthomo nī kīa mbuku ya muoyo.

Mbimbiria? Korani? Kīnyoni gīkīūria.

Aca, mbuku ya mūmbīre, akiuga. Muoyo wa mūmbīre.

Kaī muoyo ūmoyokaga kū tiga gīkuūinī, kīnyoni kīrīa gīkīmūcokeria. Mbegū wamīhanda īkaga atīa? Īkuuaga o īgīciaraga muoyo. Gūtirī muoyo ūtakuuīte gīkuū. Muoyo ūkameria gīkuū. Muoyo wī hinya gūkīra gīkuū.

"Ndigithia mūhahī rīa kīrīa ūrarīa wīthiīre," Mfuachuma akiuga. Kīarīkia kīenyū kīa mūgate, kīnyoni kīrīa gīkīmūkūūrīra maitho o rīngī, ta kīroiga gītinaigania, atī nī kīrenda kīenyū kīngī.

O na ūyū watigara woye, Mfuachuma akiuga, no atanaūikia, akīamba gūtithia, ta ūyū waingīrwo nī rīciria rīngī.

"Mūtumia wakwa nī oiga ma. Njūrirwo nī toro gatene, ndokīrania na nyoni. Nyoni kana kīnyoni? Kīnyoni kīirū? Nī ndetīkīra gūkūūrania mīīrī. Wee kīnyoni ūke haha wīrekanie na ngara, wambe wīyonere ngīka magegania rīerainī. Ngīaria ma, kuma ndī o mwana, ndūire ndīīyūragia ūrīa mūndū angīigua angīūmbūka ta nyoni rīerainī …"

Mfuachuma akīīgariūra o hau akomete, atī o na ndaiguire taritari cianyoroka ikīgwa thī. Rīrī rīngī akīhana ta ūyū wariganīrwo nī marīa mothe egwīcūranagia, akīanjia kūng'orota.

Kīnyoni nakīo gīkīamba kūhinda hau nja, ta kīragariūrania ndeto īyo ya gūkūūrania mīīrī. Na o rīmwe, ta gūkū gīatua itua, gīkībarabaria mathagu, gīkīūmbūka na kūmba gīthūriinī gīake, kīσrotereirie mūkanye wakīo kanuainī gake, mathagu makīo mahumbīrīte mbaru ciake.

Mfuachuma akīhahūka, agīgītindīka na igūrū, akīrūga rīerainī na hinya wake wothe, akīigua ahungurīra kīnyoniinī, njoya ciakīo ciūmbūkage mīenainī yothe rīerainī.

III

Handū ha athandane thī mu, Mfuachuma akīona mathagu metumīrīra mbaruinī ciake ta maya maragucio nī magineti, akīigua mwīrī wake wothe wahūtha, akīīyona ambata na kūrera rīerainī, na akīigua ūguo nī wega tondū rīu mwīrī nī ūkūhurutwo nī rūhuho ūhurūke ūnogoke. Kīrīa onaga gītiroka wega no gūtuīka atī mūtumia wake ndaarī hau nja amuone akīrera na gwīka magegania rīerainī. Kīrıa kīngī, nī gūtiga gakombiuta gake ga guoko, tondū e mūcayanici no ende gūkorwo akīiga rekondi ya magegania maya. Angīkorwo nīwe rīu ūcio wombūka, gūtirī kīhinga gītangīhingūka, kīhithe gītangīhithūka, kīrigice gitangīrigicūka kīarigicūrwo.

Ekwambīrīria macaria make ha? Kīnyoni wanyoneire anjīrīra ha? Mbukuinī ya *Mithiri ya Gīkuū.* Mithiri, kūnene ūguo! No angikorwo Herodotu, Baithagora, Buratū, Mutha, Njīcū na aingī a tene ūcio matietigīrire gūthiī kūnyua gīthimainī kīa ūmenyo Mithiri rī, nīkī gīkūgiria njorua take yage kūrūmīrīra makinya mao? Egūkinya macio maakinyirwo, getha kūhinge ūrīa kwerirwo, atī ūrīa ūkūringaringa nī akahingūrīrwo. Na nī ha hega ha kwambīrīria kūringaringa tiga Bīramīndiinī?

Agītwarana na rūūī rwa Nairo, nginya mwena wa Kīhurūko-kīamūmbi, Biramīndiinī cia Giza, kūrīa akorire atarii aingī mūno a kuma Rūraya na mwena wa ithūīro, na akīng'ūrīka, no aririkana atī we nī nyoni, akīūmbūkīra hakuhī na ciongo ciao, agīcitīrīria mai ma nyoni, amwe makoiga, *birdshit! Damn!* na amwe, makīanjia kūmiugīrīria na kūmīikīria mahiga.

Mfuachuma akīūra agīthiī nginya Thibai agītonya Kaanaki, hekarūinī ya Mūhithe, tiga atī o na kuo, agīkora atarii, no rīu handū ha kūrakara na kūmarekeria mai, akīona kaba athiūrūrūkīre hakuhī nao nī getha aigue

wega ūrĩa mũmaceria aramera. Nĩ ekire wega nĩ gũtiga kũmathoria na mai, tondū rĩu, o na rĩrĩa ombire mũtweinĩ wa mũicũhio wa Mũndūrũthi, – kĩongo kĩa mũndū mwĩrĩinĩ wa mũrũthi – kana mahigainĩ mangĩ hakuhĩ na atarii, kūrora kana harĩ ūndū angĩthoma mandĩkoinĩ ma herongirabĩki, gūtirĩ mūtarii wamũikĩirie mahiga.

"Na nyoni ĩĩrĩa anga ndiumĩte miena ĩno," Mūtarii ūmwe akiuga. "Wamenya ũguo nakĩ?" amwe makĩmũria.

"Njĩtagwo Ndokita Gregory. Thomithagia Harvard. Niĩ ndĩ mũhithitūria wa macigĩrĩria; na ndĩ mwĩroreri wa nyoni, na nĩ nyandĩkĩte mabuku maingĩ makoniĩ wĩroreri nyoni."

Na o hau hau akĩmahe regeca ya ūrĩa macigĩrĩria, o hamwe na mĩikarĩre na thama cia nyoni, mahũthagĩrwo gũthikūria cia ūtene. No athiianga na gūtahĩka ūhoro, amwe makĩnoga, na makĩmwĩra;

"Dr Gregory, amba ūkire nĩ ūragiria tũigue rũũrũ Mūtūceria witū aratūganĩra rwĩgiĩ Wariũki, Wathũmbĩ, na Wahũngũ."

IV

Wariūki na Wathūmbī maathamakaga na ūthamaki ūtarī ūthutūkania wa Keene na Kamwene, na nī ho ūthii na mbere wa Mithiri ya tene wambīrīirie, tondū thayū na kīhooto nī cio irehagīra būrūri ūrūme, ūrūmu na ūrūmwe ūrīa ūtūmaga andū marīmīre mbegū cia rūciū mategūikara makīīhūgaga kana mateng'ereire werūinī makīūrīra thū kana wathani wa gīthūri.

No nake Wangero, mũrũ wa nyina na Wariũki, akĩmũiguĩra ũiru, akĩmũraga na agĩtinangia mwĩrĩ wake tũcunjĩ agĩtũhurunja Mithiri guothe. Nake Wathũmbĩ agĩĩtua nyoni akĩũrũra Mithiri guothe akĩũnganagia tũcunjĩ tũu, agatũtumanĩrĩria na uthi wa wendo, akĩinaga rwĩmbo rwa tha na wendi wa muoyo, agĩcoka agĩthambia mwĩrĩ ũcio na maaĩ ma Nairo, na o rĩmwe Wariũki akĩriũka. Thutha ũcio magĩciara Heru, na no we wĩtagwo Wahũngũ, na marĩkia makĩũmbũka gũthiĩ matuinĩ kũrĩa maatuĩkire Ngai-ithe na Ngai-Nyina na magĩtiga mũrũ wao wa mũmwe Wahũngũ thĩ arĩhĩrie gĩkuũ gĩa ithe, na acokie ũrũmwe na wathani wa thayũ na kĩhooto bũrũriinĩ. Arĩkia wĩra wake thĩ, nake akĩambata igũrũ gũtũũra kuo gatagatiinĩ ka ithe Wariũki kana na Nyina Wathũmbĩ.

V

Kaĩ nĩ kĩo kwerirwo atĩ nda yumaga mũici na mũciri, Mfuachuma kakĩyĩra tondũ Wangero aarĩ wa kũgayania andũ a Mithiri, no Wariũki, Wathũmbĩ na Wahũngũ maarĩ a gũcokanĩrĩria andũ.

Kūringana na woni wa Mūcerania, mĩaka ĩyo ya andũ kũgayanio nĩ Wangero makĩĩragwo wee wĩ wa kabira ĩĩrĩa naniĩ ndĩ wa ĩno, wee wĩ wa rũgongo rũũrĩa naniĩ ndĩ wa rũrũ, mĩaka ĩyo ya Wangero na arĩa angĩ thuthainĩ ũcio maahanaga take, no yo yaniniĩire Mithiri hinya ĩgatũma būrũri ũhwererckere. Būrũri ũcio weyũkagĩria o rĩrĩa guoka atongoria ta Wariũki, Wathũmbĩ na Wahũngũ a wathani wa kĩhooto. O kũu Kaanaki no kuo ningĩ aaiguirĩire ũhoro wa Wahiti King'i wa Akuũ. Wahiti nĩ we woyaga ngoro ya mũndũ akua akamĩigĩrĩra ratiriinĩ ĩrĩa ĩthimaga Ma wa ngoro na maguoya ma nyoni, tondũ ruoya rwa nyoni ni ruo rũũri rwa Ma'at, Ngai wa Ma. Thoth nĩ we warĩ karani ga kwandĩka mũigana wa ũritũ wa Ma ya mũndũ, kũringana na ciĩko ciake rĩrĩa e gũkũ thĩ. Ngoro ĩrĩa yahĩtũka gĩthimi kĩa Ma ĩgetĩkĩrio ĩthiĩ kwĩ Mūthamaki wa Matuinĩ na nĩ we Wahũngũ, mũrũ wa mũmwe wa Wariuki na Wathũmbĩ. No ngoro iria itarĩ na ũritũ wa Ma ĩgaikĩrio Kĩbeberi mũthuthani agacithutha. Kĩbeberi arĩ na Kĩongo gĩa kĩng'ang'i, mwĩrĩ wa mũrũthi, na ndina cia nguuũ.

VI

Mfuachuma akĩigua ahĩngĩcwo nĩ ũhoro ũcio na makĩria ũcio wĩgiĩ Wangero, Kĩbeberi na Wahũngũ, akeyũria ciũria nyingĩ. Wangero Mũharagania rĩ, hihi nowe wacokire gũtuĩka Kĩbeberi, o ta ũrĩa Mũthamaki Wariũki aacokire gũtuĩka Ngai, kana atĩa? Tondũ angĩkorwo wega nĩ ũciaragwo rĩngĩ rĩ, ĩ na guo ũru atĩa? Athani-a-gĩthũri a Abirika, makuwĩte ihu rĩa Wangero, kana rĩa Kĩbeberi, kana rĩa ũ?

Ciũria ta icio nĩ cio ciathoithaga kĩongoinĩ gĩake kĩa nyoni rĩrĩa oimire Thibai arorete Aswan harĩa eeciragia atĩ nĩ ho Herodotu wa tene aakinyire. Muoroto wake warĩ agaceere Hekarũ ya Ngai-Riũa, Abu Simbel, atĩ ngoro yake yaranĩrie na ngoma cia mũhianano wa Mũbarũme Wariũa na Marikia Nerfertiti. Kuma Aswan acoke athiĩ maganjoinĩ ma ũthitarabu wa Meroe thĩinĩ wa Sudan, na wa Axum thĩinĩ wa Ithiobia, gũkinyĩra hitho hithe nĩ matigari ma mĩako ĩyo ya tene. Marĩa ekwĩyiguĩra na kwĩyonera Meroe na Axum, amaringithanie na marĩa areyiguĩrĩire na kwĩyonera thĩinĩ wa Mithiri, imũmũrĩkĩre tene wa Abirika.

E rĩerainĩ mbĩĩri ya mũthanga wa Sahara ũkĩmũĩngĩra maitho na ruo rũhuho rwa ngoma-cia-aka rũkamũhuruta kuma haha rũkamũikia haarĩa, na ndarona kĩndũ. Mfuachuma akĩanjia kwĩyũria, kaĩ emũnyite nĩ ngoma cia Wangero? Ambĩrĩria kuona wegega, agĩĩkia maitho thĩ, akĩona mũcobe wa ihiga rĩerainĩ ũrĩa wĩtagwo Mũberiki, ta ũrĩa ũmwe ekuonete Mithiri. Agĩtua o rĩmwe atĩ hau nĩ ho ekũmba.

Mũberiki ũcio wathecetwo iganjoinĩ, na athiũrũrũkanga hau, akĩona matigari ma mũthingi wa manyũmba, na akĩmenya rĩu rĩarĩ iganjo rĩa Mũciĩ Mũnene. Mũberiki ũcio warĩ mwenainĩ wa njĩra ĩrĩa yagayanĩtie mwena wa mahiga ma manyũmba ma gũikarwo, na wa mahiga ma mbīrīra. Mfuachuma agīikaranga hau Mūberikiinī, akīrora mwena ūyū na ūyū. O hīndī īyo akīona mandīko hau Mūberekiinī, na akīgeria mūno kūmathoma.

Kaī nyoni ciamenyire gūthoma? Ehetūkīri makiuga, mona nyoni īrakanyakanya mandīko mau. Amwe ao makīrūgama hau Mūberekiinī na makīanjia ngarari cia mandīko macio na nī ho Mfuachuma aamenyeire atī mandīko macio maatemetwo na ndemwa cia rūthiomi rwa Gīsahean rūria rwarī kuo o na mbere ya Kige'eze, maganainī ma mīaka mīingī Njīcū atanaciarwo. No matiagwetire ūria mandīko macio maroiga, no ngarari theri: Mūberiki ūcio wakirwo nī aria maakire Metera kana wokīte na agendi kuma Mithiri?

Hau nī ho aamenyeire atī e iganjoinī ria Metera, Gūthini ya Eriterea, kūria tene, mbere ya būrūri gūtahwo nī Matariani, gwetagwo Mereb Melashi kana Medri Bahri. Amwe ao moigaga atī nī kwarī na mungu warī rungu rwa thī, umīte Metera nginya Axum. Hihi munguinī ūcio nī ho hahithe hitho iria aracaria, Mfuachuma agīciria. Nī atīa rīu angīingīra munguinī ūcio kūrora kana kwarī na miungu īngī īnyitithanītie Metera na maganjo ma mīcii īrī īngī ya tene ta Meroe, Axum, Lalibela, na Gondar, thīinī wa Ithiobia? Nī rīo aririkanire atī arī o mwīrīinī wa nyoni, na nyoni itimenyerete rīera ria miunguinī, ciendaga rīera ithera. Akīamba gūtithia.

Akīigua makīaria cia Hekarū ya Debre Libanos, itūrainī ria Ham, kūria kwīrīga gūthikūrio mīīrī mīkūnje na njūwa cia mbūri, īria yatūire ī mīthike makīria ya mīaka ngiri igirī, na ndīrī yabutha. Kūu nī kuo ngūthii, akīyīra. Ngwamba gūthii Ham nyonane na atungatīri a Hekarū īyo, ndīmathaithe, ndīmorie atīrī:

> Hithūrīriai hitho yanyu,
> Inyuī atungatīri atheru a ūtene witū,
> Mwahotire atīa gūtooria ūbuthu wa mwīrī o hamwe na ngoro?
> Nguūrīriai mbuku ya gīkuū
> Ngīe na ūhoti wa gūkūūra muoyo magegoinī ma gīkuū.
> Hote kwenjera mīri ya mūrimū wa gīkuū ūria ūgwatīte Abirika.

O rĩrĩ ombũka rĩerainĩ na athiyanga arorete Ham, Mfuachuma akĩingĩrwo nĩ kamũthanga ritho, akĩhĩtia njĩra ya rĩerainĩ, akĩigua agurutũka rĩerainĩ, akĩharũrũka arorete mũkuru wa Gredef wa Qoahato.

Mũkuru ũcio warĩ mũriku atĩ andũ a itũũra, arĩa meĩtaga Saho, maaũbatithĩtie Aedet, Kĩambĩrĩria gĩa thĩ. Mfuachuma akĩigua ethithimũkwo mwĩrĩ, akĩbarabaria mathagu, agĩcoka rĩerainĩ, agĩthiĩ atwaranĩte na irĩma, akĩhĩtũka Tekhonda'e, nginya akĩũmba rũhongeinĩ rwa mũkũyũ mwenainĩ wa Senegeti. Gĩtinainĩ kĩa mũtĩ, akĩona gĩtutu kĩa andũ, na agĩtega matũ.

Aamakire atĩa akora nĩ mũcemanio wa aturi a ciugo kuma Abirika na mĩena ĩngĩ ya thĩ? Aturi a ciugo? Akĩambĩrĩria kwanĩrĩra: kaba aturi a cuma. Gũtĩrĩ mũndũ warũmbũyanirie nake. Akĩng'ũrĩka, akĩũmbũka kuma Senegeti agĩthiĩ nginya Nefasit, harĩa aikũrũkire kũnyua maaĩ mũkuruinĩ wa Mai Habar. Anyua, agĩcoka mĩcungwainĩ, akĩhurũkanga hanini, agĩcoka akĩoya mathagu akĩũmbũka nginya Massawa mwenainĩ wa Iria-Itune.

Agĩikũrũkania na rũteere rwa Iria-Itune nginya maganjoinĩ ma Adulis, mũciĩ ũrĩa, mahindainĩ ma tene mũno, wakoragwo nĩ guo gĩcukĩro kĩa meeri ikĩrehe na gũtwara mĩrigo Gũthini na Gathigathini; na ningĩ noguo warĩ macemanĩrio ma mĩthabaara ya ngamĩra nacio ĩgĩtwara kana kũrehe mĩrigo igcreire thĩ nyũmũ. Akĩũmba kamwenainĩ agĩĩthamba mũthece, agĩcoka agĩkunda maaĩ. Maaĩ macio maarĩ mararu wega. Ũrugarĩ mathaguinĩ na kĩongoinĩ ũgĩtũma meciria maceere wega kĩongoinĩ na akĩanjia gwĩciria ciĩgĩĩ hithitũrĩ ya arĩa othe manethamba maaĩinĩ macio.

VII

Mũngiriki ũrĩa tene wandĩkire Rũgendo rwa Iriainĩ Itune, o hamwe na Athũgũri a tene, meetaga mwena ũcio wothe, bũrũri wa Punt. Nĩ mwena wakuwĩte ngũnia ng'ima ya magegania ma hithitũrĩ.

Mutha, Njĩcũ, na Mohamed, mathamĩire kuo gwa kahinda, moorĩire mũnyarirano kwao; kwoguo Abirika ya mwena ũyũ nĩ yo yahonokirie ndini ya Njunda, ya Akiricitiano na ya Ithĩramu, ndini iria ithatũ thutha ũcio ciagarũrire ũthiũ wa thĩ ya kĩrĩu.

Kĩrĩa maganjo macio matonanagia nĩ thakame ĩrĩa yanatherera mĩenainĩ ĩyo yumanĩte na mbaara: mbaara cia kuoya mabũrũri meene na hinya; mbaara cia mabũrũri kwĩgitĩra na kũingata atunyani a tĩĩri wao; mbaara cia kũhinyĩrĩria andũ; mbaara cia andũ kwĩyũkĩrĩria; o na mbaara cia ene na ene. Mũng'eng'ano ũrĩa wa bata rĩu, o ta ũrĩa kwarĩ tene, nĩ wa gwetha ũhootani wa thayũ, nĩ getha mwena ũcio, ũrĩa ũtuĩkaga nĩ guo kĩhumo kĩa rũciaro rwa andũ a thĩ yothe, rĩu ũtuĩke maciarĩro ma maciara ma rũruka rwerũ rwa ndongoria na ndũĩri ũrũmwe, ma, thayũ na kĩhooto kĩa mũingĩ. Kaĩ kũrĩ ũthii na mbere ũkĩrĩte ũcio wa gũcaria, gũcirĩra, na gũcigĩrĩria bũrũri na ũrũmwe wa mwĩhoko? O na kũhana ũguo, ũhootani wa mwena ũcio warĩ mũingĩ. Mfuachuma akeyũria atĩrĩ: kũndũ kwanoneka na gũgekĩka maingĩ ũguo rĩ, kweri no kwage o na ũmwe ũngĩmũhithũrĩria hitho ĩrĩa aracaria?

Tiga atĩ ageria kwarĩria andũ, akona matirarũmbũyania nake. Akĩmenya nĩ tondũ maraigua o mũnyuranyuro wa kĩnyoni. Mũthece ti guo iromo, na mathagu ti mo moko, Mfuachuma akĩyĩra. Reke aiganwo nĩ maitho na matũ.

Na atua ũguo, Mfuachuma akiugĩra mĩena ĩyo ũhoro, akĩũmbũkĩra hũgũrũrũinĩ cia Ndia Ndiku ya India arorete GwaSomalia kũria ombire kĩrĩmainĩ kĩarĩ na thũrũmũndũ igĩrĩ ciahanaga nyondo cia mũtumia.

VIII

Kīrīma kīu gīetagwo Nyondo cia Mūirītu. Mfuachuma akīrūgama gathūrūmūndūinī ga kīmwe gīa icio cierī, agīcūthīrīria bara ya Marao na, kūraya mūno, akīona kīonereria kīa njīra ya gūthiī mbīrīrainī ya Elmi Bowdheri, mūrebeti ūrīa warīirwo ngoro na mwīrī nī wendo. Wendo? Akīririkana cia Wahu wake, hamwe na mwana nda ya nyina, akīigua ngoro yaiyūra na gūitīrīra nī wendo, na akīigua akīenda kūhūndūka acoke mūciī kwī mwīrī na mūtumia wake. No ningī agītua ambe athiī mbīrīrainī ya mūrebeti.

No atanoya mathagu ombūke, akīigua ngunyīrīrī mathaguinī na ndwarainī ta kūndū ararorwo nī kīndū atarona. Kwahoteka atīa ūguo? Kana nī gūkanio ndīrakanio gūthiī mbīrīrainī ya wendo? Akīyīra atigane na cia mbīrīra, wendo wake ndūgathiī gūthirīra ho, ta wa mūrebeti! Ningī rī, niī ndirī mūroti na ciugo, ta arebeti, ndī mūcayanici na mūturi. Mūturi ciīko akīrīte mūturi ciugo.

Akīūmbūka arorete Mogandishu, no e rīerainī, akīigua anyota. Akīūmba rūūinī rwetagwo Rūūī rwa Ngarī, agītoboka, agīthecatheca maaī, akīribaribaga mathagu, agīcoka akīīyanīka ihigainī. Ihiga rīu rīetagwo Bur Hakaba, ihiga rīa wendo, tondū atī nī ho endwa maacemanagia kūhehanīrīra hitho cia ngoro. Kaba ihiga rīa wendo gūkīra mbīrīra ya wendo. No Mfuachuma ndaakorereire endwa marahehanīrīra. Kīrīa aakīrīrīirie kūigua no ngunyīrīrī iria ekūiguīte kabere: ta kūndū ararorwo nī maitho atarona. Akīūmbūka, akīūmbūka, akīūmbūka arorete na igūrū matuīinī, getha one haraya mīena yothe. Akīūrūranga rīerainī akīroraga mwena na mwena o gūcaria maitho macio, no ndamonire. Mfuachuma agītua athiange mbere.

IX

Rĩu agĩthiĩ, agĩthiĩ ahĩtũkĩte Marindi, Mombatha, Kĩrwa, atekũrũgama handũ, kũũrĩra maitho atarona. Akinya Sofala akĩamba gũtithia: kaĩ aracokera njĩra ĩrĩa Vascodagama okĩire mwakainĩ wa 1498? Kana hihi maya maitho nĩ ma Vascodagama ũcio na thigari ciake, ngoma cia Wareno, ikamuma thutha imũnine ndagathikũrie gĩtuĩku kĩrĩa ũcio athikĩire Abirika?

Kwĩgita ti guoya, na, o hau, agĩtua no mũhaka agerie one ũria egũte maitho ma ngoma icio cia hithitũrĩ. Akĩĩhiũria arorete na ya Pemba na Zanzibar, akĩũmbũkira Itũũra Ikũrũ, agĩtonya na kũu mĩnathiinĩ, kwĩhitha. O rĩrĩ eciria ombe mũgũndainĩ wa tangauthi, mĩkarabuu, mĩtarathini na rũthimaria, akĩigua ngunyĩrĩrĩ mwĩrĩ ciakĩrĩrĩria. Maitho maya maramũrũmĩrĩra ta maya maraterebwo nĩ ndereba wĩna ndurumeni ya kũmenya harĩa hothe arathiĩ kana kwĩhitha. Na ti maitho ma nyoni iria ingĩ tondũ icio itiarũmbũyanagia nake. Kana hihi nĩ ma ngoma cia ndũrĩrĩ nyingĩ, hũũri-mbiacara ya ngombo, Arabu, Wareno, Athũngũ, ikĩenda kũmũtwara ndũnyũinĩ ĩrĩa tene yendagĩrio ngombo, atĩ mamwendie rĩngĩ? Ndũnyũ ĩyo nĩ yaharaganire, na hau yatũire hagĩakwo makanitha. Agĩciria athiĩ ehithe kanithainĩ ĩyo.

Agĩcoka akĩrĩrikana ng'ano anathoma cĩĩgĩĩ iganjo rĩa Zimbabwe, Mũcĩĩ wa Mahiga, atĩ thingo ciaguo itũire irangĩirwo nĩ nyoni. Itũũra rĩa Nyoni! Mfuachuma agĩciria wega nĩ athiĩ kuo Zimbabwe Nene, akagerie kwaria nacio, nyoni kwa nyoni!

X

Akĩũmbũkĩra mũkuru wa Zambesi arũmĩrĩire njĩra ya tene ya Mwenematope ĩrĩa yamũgereirie maganjoinĩ ma Nyanga, Dhlodhlo na Khamis nginya Masvingo, Zimbabwe Nene, Mũciĩ wa Mahiga. Kũu agĩkora gĩkundi kĩa andũ arĩa mokĩte kwĩrorera Mũciĩ ũyũ wa Ihiga. Gwa kahinda kaigana ũna, akĩigua ta atee maitho marĩa matinda mamũrũmĩrĩire kuma o rĩrĩa arĩ kĩrĩmainĩ kĩa Nyondo. Gĩkundi kĩu kĩarĩ na mũceerania. O ta ũrĩa ekire Mithiri, Mfuachuma agĩtega matũ aigue rũrĩa rũraganwo.

Rūgongoinī rwa Murambinda, thĩinī wa Zimbabwe, kwarĩ mūtĩ wa magegania, *mutiusinazia*, Mūtĩ-wa-Abirika, ūrĩa ūciaraga mathangū na mahũa ma mĩthemba yothe ya mĩtĩ ĩrĩa yothe ĩ thĩinī wa Abirika. Kaĩ mūtĩ ūcio nĩ kĩonereria kĩega harĩ Abirika na ndūnia-ĩ, Mfuachuma akiuga. Atĩ ūmūndū wa andū no wĩyonanie marangiinī mĩthemba mĩingĩ? Ũ yũ nĩ mūtĩ wa Abirika! No ningĩ, Mfuachuma akĩĩririkania atĩ we nĩ mūcayanici na mbarĩ ya cayanici na aturi matiaragia njarie meendaga kwĩyonera na kwĩhutĩria. Agĩtua ambe athĩĩ Murambinda akeyonere na ehutĩrie mũtĩ ūcio wa Abirika.

Kĩambĩrĩriainĩ acio othe matiarūmbũyanirie nake. No rĩu akĩigua andū amwe makiuga, ĩ nayo nyoni ĩno yomba haha nĩ ya mūthemba ūrĩkū? Kana nĩ mūthemba wa nyoni ĩrĩa yacongirwo mūhianano ūrĩa ūrangagĩra mūciĩ ũyũ wa mahiga? Ngarari igĩcaca gatagatiinĩ ka andū acio. Amwe ao makoiga atĩ nyoni ĩrĩa njacũhie mūhianano, ndĩarĩ rĩtwa rĩna, tondū Ashona arĩa maakire Zimbabwe maarĩ a mūhĩrĩga wa Nyoni, na kwa ũguo maacongaga mūhianano ūkūrũgamĩrĩra mĩthemba yothe ya nyoni. Angĩ ao nao makoiga aca, nyoni ĩyo nĩ gĩthemba kĩa Hūngū, ĩrĩa ĩtanĩtio na Mūhĩrĩga wa Shona ūrĩa wĩtagwo Mbarĩ ya Hūngū. Hau hagĩtuthūka ngarari ingĩ, amwe makoiga atĩ Vanashĩrĩ nĩ o mūhĩrĩga wa nyoni, ti Mbarĩ ya Hūngū; angĩ makoiga nĩ nyoni yetanirio na mūhĩrĩga, nao arĩa angĩ makoiga nĩ mūhĩrĩga wetanirio na nyoni ĩyo.

No kūrĩ ūmwe weyūmĩririe akĩaria ta arĩ we mwene ūmenyo wothe handū warūma, akiuga nyoni iria cietagwo Hūngū ciathirire mwaka wa ikūmi na ithatū kĩmaganainĩ. Akĩmera ĩno nyoni nĩ gūtūmwo ĩtūmĩtwo ĩmarehere ūhoro kuma kūrĩ arĩa makuire tene. Hau makĩhchanĩrĩra atĩ kaba mamĩkambace mamĩtware kwa Ago, Mihodoro, ĩhoywo ūhoro ūrĩa yarehe kuma kwa ngoma, macoke mamĩthĩnjĩre ngoma. Rĩu makĩanjia gūcema na harĩa aahurūkĩte. Kaĩ arĩ niĩ karūkū karĩa korire riko kwĩhitha itara? Macaria agatuĩka mūcario, Mfuachuma akiuga na ngoro, na akĩbarabaria mathagu.

Tigwo na wega, Mūciĩ wa Mahiga, o hamwe nawe Mūtĩ-wa-Abirika, mūtĩ wa magegania, akiuga, na akĩũmbūka!

XI

Akĩrera erekeire Gũthini na akĩũmba Iganjoinĩ rĩa KwaMũrũthi, Thaũthabirika, mahigainĩ marĩa metagwo Kĩmamo kĩa Mĩrũthi. Mfuachuma agĩciria atĩ omba mahigainĩ ma Chaka, mũnene wa tene wa Amazulu. Agĩkena. Hihi ahota kuona mũnyaka ahithũrĩrio hitho ya hinya wa Chaka.

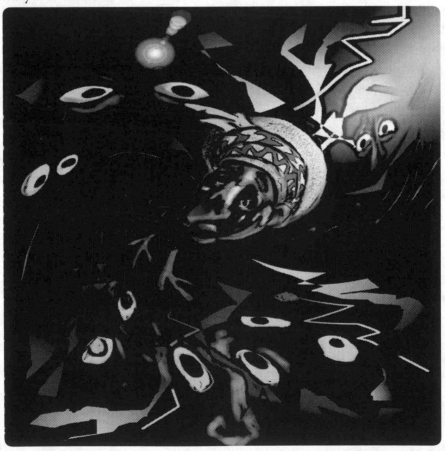

No kamũira arũge haha na haarĩa, akĩigua ningĩ maitho marĩa mataroneka, macoka. Gũtirĩ ũndũ ũthĩnagia ngoro ta wa mũndũ akĩonwo nĩ andũ atarona. Agĩcoka rĩerainĩ erekeire Rũgũrũ mwena wa Angora, no agĩtindĩkwo nĩ rũhuho, nginya kũndũ arona rũũĩ rũnene rũratherera mairũ na mairũ. Kũneneha, kwarama na kũraiha, rwahanaga rwa Nairo, na akĩmenya o rĩmwe e rũũĩinĩ rwa Kongo. Agĩikũrũka atĩ agethambe rũũĩinĩ, no atanomba, akĩigua maitho marĩa maingĩha mũno, mehithĩte mĩtĩinĩ na mathanjĩinĩ. Maitho maya marenda atĩa nakc? Nĩ maũ? Maroima ku? Marahota gũtwarana nake atĩa? Maragera kũ? Marahota atĩa kwĩhitha?

Agĩcoka rĩerainĩ na rĩu akĩona wega nĩ ambate aringe rũũĩ rwa Naija, agacere maganjoinĩ ma mwena ũcio wa Abirika. Akinya Ile-Ife, gĩikaro kĩa Ngai nene ya Yoruba, akĩona wega nĩ ambe ahurũke kuo. Ngai cia Yoruba, makĩria Ngaiyarũheni na Ngaicuma, ciarĩ ngumo ũrĩa ciĩ hinya mũingĩ mũno na nĩ ikũmũgitĩra. Akĩĩhitha gatitũinĩ kĩgandainĩ, na gwa kahĩnda kaĩgana ũna, akĩigua maitho macio ta matigana nake, kana ta maya matĩĩmĩra kũnene. Kweri ngai cia Yoruba ciĩ hinya, akiuga. Agariũrania magegania marĩa mothe onete, kũrĩa guothe agereire, akĩigua kũna Abirika nĩ thĩ nene na hihi no gũkoi wo kĩronda na kĩhonia gĩakĩo kĩ mĩri mũingĩ.

Na o rĩmwc akĩingĩrwo nĩ rĩciiria rĩngĩ: kaĩ atangĩhũthĩra ũnyoni wake, etane mũgomano wa nyoni ciothc cia Abirika? O nyoni ĩrehe kĩrĩa yũĩ? Kĩgiria nĩ kĩĩ?

Hinya wa nyoni nĩ ũĩkaine hithitũrĩinĩ na ng'anoinĩ. Atũmwo a ngai nyingĩ meehumbaga kĩĩnyoni. Mathagu ma Araika a ndini ya akirithitũ mahana ma nyoni. Thĩinĩ ya Mithiri ya tene, nyoni imwe, ta Nyonimūkingo, nĩ cio ciarĩ theru na thure. Rĩrĩa Wathūmbĩ aathire kūngania cienyū cia mwĩrĩ wa mūthuriwe ti Wariūki hūgūrūrĩinĩ cia Rūūĩ rwa Nairo, ehumbire mwĩrĩ wa nyoni. Mbuku ya Ramayana ya Ūhĩndĩ, yugĩte atĩ mūthamaki Taksaya arĩ king'i wa nyoni. Na thutha wa Kĩguū Kĩnene, Nuhu aatūmire ndutura īgathigane thĩ, na ĩtambie ndūmĩrĩri cia thayū. Nyoni, Hūngū, nĩyo yarĩ Gĩthitū kĩa Mūhĩrĩga ūrĩa wakire Mūciī wa Mahiga, Zimbabwe, na mūhĩrĩga ūcio noguo waicūhithirie mūhianano wa nyoni īyo getha mūicūhio ūcio ūtūūre ĩĩrangĩire maganjo macio!

Nĩguo rĩu ningĩ aaiguire mūgambo, o ta ūrĩa wamwarĩirie kĩambĩrĩriainĩ kĩa rūgendo rūrū rwa ngoro, ūkĩmwĩra, kaĩ ūriganĩirwo nĩ kĩrĩa kĩratūmire woe rūgendo rwa gūthiūrūrūka Abirika? Githĩ ti ūcarie mĩri ya kĩronda na kĩhonia kĩa Abirika? Na rĩu ūroiga wĩigĩrĩre mūrigo ūngĩ wa gwĩta mūcemanio wa nyoni? Ūtamerithĩtie ndatigaga kūhanda. Amba ūmenye mĩri ya kĩronda na kĩhonia. Ūcoke wĩte mūcemanio ūcio. Na ndūkariganĩrwo atĩ andū aĩngĩ a kuma Abirika nĩ maahurunjirwo thĩ yothe nĩ rūhuho rūnene rwa hithitūrĩ!

Nĩ ma, o nake hau kabereinĩ , nĩ onaga atĩ no mūhaka ekinyie kwa andū airū arĩa othe maarutūrūrĩrwo Abirika tene. Acio mahota gūkorwo nĩ metigĩirie ūmenyo ūrĩa warĩ kuo Abirika mbere ya Nyakerū kūharagania Nyakairū mĩenainĩ yothe ya thĩ. Tondū rĩ, githĩ aciari a aciari a aciari a aciari a aciari ao tio amwe arĩa maakire mĩciĩ īyo ekuonaga maganjo mayo kuma Mithiri, Ithiobia, Somali nginya Zimbabwe?

Akĩringa Iria inene rĩa Atiratĩki, arorete Amerika ya Mũhuro, no akinya Bahia, Brazil, Mfuachuma akĩigua maitho marĩa no mamũrũmĩrĩire. Akĩhũndũka na mwena wa igũrũ, na hĩndĩ ĩyo, e rĩerainĩ iriainĩ rĩa Karimbiani, nĩ rĩo aatuire ambĩrĩre Haiti. Arĩ na mũnyaka mwega tondũ, akinya Kwaũtheri mwena wa Gathigathini, nĩ aakorire mũndũ mũgo, mũrathi, woĩ thiomi cia nyoni.

"Nĩ kĩĩ gĩakũrehe gũkũ?" Mũrathi ũcio akĩmũria na rũthiomi rwa Nyoni. "Woka gũkũ kũmenya cia gĩkuũ kana cia muoyo?"

"Ndĩrenda hingũrĩrwo Mbuku ya Gĩkuũ," Mfuachuma akiuga, "getha nyone kana gĩkuũinĩ no hatuthũke gĩthima kĩa muoyo!"

Mũgo wa Kwaũtheri akĩambĩrĩria kũmũganĩra rũgano rwa mũgo ũngĩ, mũtiga irĩ ti Mũhonia. Gũtuĩkaga atĩ hĩndĩ ĩrĩa ũcio arĩ muoyo, gũtirĩ mũndũ warĩ ho hĩndĩ yake kana thuthainĩ ũcio, woĩ cia mĩtĩ ya kũhonania – magoko, mathangũ na mĩri – take. Arĩ mũrũĩri wĩyathi wa andũ ake moime ũkomboinĩ wa

Baranja, arĩa matuĩte Haiti, kana Gwakiumiagĩtheru, mũgũnda wa ngombo cia kuma Abirika. Kaĩ nao anyarirani matikĩrĩ thoni-ĩ? Makabatithia bũrũri, Gwakiumiagĩtheru, Kwa-Mũthenya-Mũtheru-wa-Kiumia, na makarĩithĩria ngombo o kuo?

Kweragwo atĩ rĩrĩa Baranja maamũnyitire na makĩmũikia gĩcuainĩ kĩa mwaki, Mũhonia ndahutirio nĩ mwaki, no kũmbũka ombũkire, o hau maithoinĩ mao na akĩbuĩria matuinĩ akiugaga nĩ agacoka. Thũ ndĩamuonire akĩambata, no andũ airũ arĩa maarehetwo hau na hinya atĩ getha meyonere mũtongoria wao nĩ acinwo mekunye gũtũ gũkanageria rĩngĩ kũrenga mĩnyororo ya ũkombo, maamuonire akĩambata akengetic magego, na nĩ maaiguire mũgambo wake o wega: nĩ ngacoka. Nyakerũ ĩkĩinũka ĩkenete atĩ tondũ nĩ yamũcina akua atuĩka mũhu, andũ airũ nao makĩinũka na ũmĩrĩru atĩ mwĩrĩ wake nĩ mwaki wa wĩyathi wakia na roho wake nĩ ũgacoka. Tamba ũrore hau. Anyarirani acio a Baranja monire gĩkuũ: arũĩri ma, kĩhooto na wiyathi, monire muoyo woima gĩkuũinĩ.

Rĩrĩa thutha wa mĩaka mĩrongo Mũhonia acokire e mwĩrĩinĩ wa Papaloi Njambagĩtungati na akĩanjia mbaara ya wĩyathi, na wĩrũgamia, Nyakairũ nyendi wĩyathi nĩ yamenyire o rĩmwe atĩ ngoro ĩrĩa ĩratutha mwĩrĩinĩ wa Njambagĩtungati no ĩrĩa yatuthaga mwĩrĩinĩ wa Mũhonia. No Nyakerũ, yonaga o mũgũrũki; Nyakairũ ĩkona mũmaruti ũkomboinĩ.

Nake Njambagĩtungati anyitwo e mbaarainĩ, o to guo. Atanatinio kĩongo gĩake nĩ baranja na magagĩthecerera njibeinĩ kũmakia andũ, o nake Njambagĩtungati oigire o ũguo: nĩ ngacoka. Wathomemũtheru nake oya rũhiũ rwa wĩyathi na igũrũ, Nyakerũ ndĩamũmenyaga, no Nyakairũ nĩ yoigire: nĩ acoka. Rĩrĩa ningĩ thutha ũcio Nyakerũ yanyitire Wathomemũtheru na ĩkĩmũtwara njera Baranja e muohe nyororo moko na magũrũ, atĩ akue kahora getha nayo Haiti ĩkue ku, o nake Wathomemũtheru oigire o ũrĩa Mũhonia na Njambagĩtungati moigĩte: *nĩ ngacoka tondũ ngoro yendete wĩyathi na kwĩrũgamia ĩtũũraga ĩtuthaga ngoroinĩ mĩĩrĩinĩ ya andũ mĩndĩ na mĩndĩ.*

Na nĩ ma ũguo nĩ guo tondũ o na Wathomemũtheru atakuĩte, ngoro yake nĩ yathamĩire mwĩrĩinĩ wa Wamarũrũ ũrĩa rĩu nake woyire rũhiũ na igũrũ akĩhaica mbarathi akĩambata mĩrĩmainĩ harĩa aronwo nĩ andũ othe a Haiti, kuma Gathigathini nginya Gũthini, Itherero nginya Rũgũrũ, na akĩanĩrĩra na mũgambo mũnene: ũndũ nĩ ũmwe tu: wĩyathi ũnine ũkombo. Mũgambo ũcio ũkĩoywo nĩ rũheni na marurumĩ na makũmbĩ ma Atiratĩki ũkĩringio kwa andũ airũ othe thĩinĩ wa thĩ: *andũ matiheyagwo wĩyathi na gathani nĩ kuoya mawoyaga na rũhiũ rũrarĩrĩmbũka ũcamba wa Wendi Ma, Kĩhooto na Wĩyathi.* Wamarũrũ akĩingata Baranja Haiti.

Nĩ wakĩona: harĩ gĩkuũ kĩa mwendi andũ hakoima muoyo wa mũingĩ. Mũgambo wa Wathomemũtheru noguo wacokire kuuma kanuainĩ ka Mbuya Nehanda, mũtumia ũrĩa wakirie mwaki wa Wĩyathi Zimbabwe; na ngoro ya Wĩyathi nĩ yo yainainia Makoronia othe Abirika, na ndigitĩta cia maganainĩ ma mĩaka ya mĩrongo ĩĩrĩ thĩinĩ wa thĩ, andũ makĩenda gũcuuria bendera ya Ituĩka ...

Mũrathi wa Kwaũtheri ahanaga ta egũthiĩ na mbere kũgweta cionereria ingĩ nyingĩ, na Mfuachuma nĩ angĩatindire hau athikĩrĩirie, no Mũrathi wa Kwaũtheri agĩtinia mĩario o rĩmwe, akĩmwĩra:

"Ngoro yakwa na yaku iratutha ũndũ ũmwe o na akorwo woka wĩhithĩte mwĩrĩinĩ wa nyoni, no nĩ kĩĩ biũ gĩakũrehe mĩena ĩno?"

"Wendi kũmenya ndwari ĩrĩa ĩramocia Abirika," Mfuachuma akiuga. "Tondũ Nyakairũ nĩ tuoire mũcarica wa kwĩrĩithia rĩ, nĩ kĩĩ gĩkĩ kĩratũrĩa rĩu? Ngwenda ũnjĩrĩre kĩhonia kĩa Abirika! Nyonia kĩhonia nyone!"

Mũrathi wa Kwaũtheri akĩamba gũkira, magĩkĩranĩra. Rĩrĩ rĩngĩ agĩtumũka kanua akiuga:

"Kaĩ ũtanaigua iria ndakũhee, ũndũ wanjũria o rĩngĩ ikoniĩ kĩronda kĩa Abirika na kĩhonia? Wenda kũnyita ũndũ ũngĩ makĩria ma hau, ringa maaĩ o rĩngĩ. He gacigĩrĩra getagwo Kiumba kũrĩa ago a ko maganagwo hinya mũingĩ ma! Mbaarainĩ cia wĩyathi na wĩrũgamia na cia Ituĩka, Nyakairũ ya Kiumba, na makĩria a ng'ongo cia Santiago na Guantamela, yakoragwo mũhariinĩ wa mbere. Ndini yao ĩtagwo Thenitaria. Ngai cia ndini ĩyo nĩ cia Yoruba, makĩria Ngaicuma na Ngaiyarũheni, no ciĩhumbaga matonyo ma Athure a ndini ya Gathoreki. Na githĩ ndũragereire mũciĩ wacio, Ife?" Mũgo wa Kwaũtheri akĩmũria.

Agĩkĩmwĩrĩra cia Mũhunjia wa Thenitaria ũikaraga hakuhĩ na Bara ya Kĩheyokĩangai, Santiago de Cuba. Atĩ ũcio nake nĩ oĩ thiomi cia nyoni cia mĩthemba mĩingĩ. Mfuachuma akĩoya mathagu.

Kaĩ wara ũcio nĩ wa magegania-ĩ, Mfuachuma akiuga arereire rĩerainĩ Kiumba, onage Sierra Maestra mwena wa ithũĩro, nayo Sierra de Cristol Gathigathini! Nĩ akenaga nĩ ũrĩa maũndũ macio marathiĩ. Atige ngai cia Yoruba kĩhumoinĩ gĩacio Ife acoke acikore Santiago, Kiumba? Akinya kuo, Mfuachuma agĩkora Kanitha ĩrĩa erĩirwo, na agĩkora mũrango wĩ mũhingũre, akĩhungura. Nake Mũhunjia wa Theniteria ndonekire amaka kana kĩĩ, nĩ ta kũndũ amwetereire. Mfuachuma akĩmũria amũhithũrĩre hitho ya kwĩriũkia kwa andũ airũ na Abirika. Mũhunjia wa Thenitaria akĩmũcokeria na ndemwa ĩmwe tu: Ũ!

"Ũũ? Niĩ?" Mfuachuma akĩũria. "Kana Ũ, atĩa?"

"Ũ ya Ũrũmwe!" Mũhunjia wa Theniteria akiuga. "No ti ya andũ airũ tu," akĩongerera. "Ũrũmwe nĩ ruo matharaita ma arĩa othe ahinyĩrĩrie nĩ arĩa mebaĩte indo cia mbaara!"

Mfuachuma akĩigua anja ĩyo ta ĩtanamũteithia macariainĩ make tondũ githĩ ũguo ti kuga atĩ no ambire kũnyitithania andũ airũ othe agĩkona kĩhonia?

"Njĩrĩra kĩhonia gĩa kĩronda kĩrĩ Abirika ũtekuoha ciugo na thimo!" Mũhunjia wa Theniteria, nding'ũri ya ndini ya Ngaicuma na Ngaiyarũheni, nding'ũri yarĩ nyingĩre nĩ maroho ma nyoni nginya rĩu aragie thiomi cia nyoni, akĩoneka ta ũyũ wakĩgio mũno nĩ cia kĩronda kĩu kĩratũma kotineti ĩrĩa ndongu mũno ĩtuĩke nĩyo nyamarĩku mũno!

"Kĩranunga atĩa?" akĩũria.

"Ndingĩhota gũtarĩria wega," Mfuachuma agĩcokia. "Tondũ nĩ kĩronda gĩtaroneka na maitho. Njuge atĩrĩ: nĩ ta kũndũ muoyo ũramoyamoywo nĩ gĩkuũ, ũkanunga gĩkuũ, no kwahoteka ũguo atĩa? Ngoro ĩbuthe gũkĩra mwĩrĩ?"

"Kana cierĩ ikabuthania," Mũhunjia wa Theniteria agĩcokia. "Kĩrabutha kĩbuthagia kĩrĩa irigainie, na nĩ kĩĩ kĩrigainie gũkĩra ngoro na mwĩrĩ? No nĩ harĩ ũtiganu. Mwĩrĩ mũbuthu no ũriũkio nĩ ngoro theru. No ngoro mbuthu ndĩngĩriũkio nĩ mwĩrĩ. Nĩ kĩo kwerirwo atĩ rĩ: wĩtigĩre arĩa moragaga ngoro gũkĩra arĩa moragaga mwĩrĩ."

"Ndiracaria mũhũmũ wa muoyo kũnungũra mũnungo wa gĩkuũ, Abirika," Mfuachuma akiuga.

"Ti Abirika iiki, thĩ yothe," Mũhunjia wa Theniteria akiuga. "Ũkĩra ũthiĩ … nginya ũkinye Mũico Mũkuũ."

"Atĩ Mũico wa Gĩkuũ? Kwa Mũndũ Mũgo?"

"Mũico Mũkuũ! Amerika, Amerika, nyene kĩronda na kĩhonia," Mũhunjia wa Theniteria akiuga ta arĩ kwĩyarĩria. Agĩcoka akĩhahũka ta ũyũ uma thĩ ĩngĩ. "Ĩ nayo nyoni njirũ ũũ, yũkire atĩa haha," akiuga, na akĩmĩhingũrĩra mũrango yume.

O agĩcokagĩra ciugo cia Mũtheniteria, Amerika, Amerika, Mfuachuma rĩu akĩũmbũka arorete kuo agacaria mũico mũkuũ.

Niuyoko yothe yarĩ humbĩre nĩ kĩbii, na Mfuachuma ndaahotaga kuona wega, na makĩria thutha wa mũrarĩ kũmũingĩra maitho.

Araire agīthiūrūrūka rīerainī, nginya rīīrī rīngī akīigua athirwo nī hinya biū. Akīambīrīria kūharūrūka na thī, akīgwīra nyūmba igūrū. Kīroko kīamūkorire acuuhīrīire konainī ya rūgito rwa nyūmba, īrīa acokire kūmenya nī kanitha wa Abithinia na warī mwena wa Haremu. Haremu? Na githī Haremu ti yo ītanagio na gūciarwo rīngī kwa Andū Airū? Harlem Renaissance? Kanitha īyo yambīrīirio nī aruti-a-wīra-a-meeri a kuma Ithiobia maganainī ma mīaka ya ikūmi na kenda, na rīu īkīmūririkania icera rīake mwena wa Ithiobia na akiuga rūrū nī rūri ɪwa munyaka.

Agīcoka rīerainī, na, o hīndī īno ararera agīciragia cia mūnyaka ūcio, akīringana na kīndū, akīharūrūka rīerainī, akīgwīra nyūmba īngī rūgito igūrū. Akīībarabaria na akīigua ti mūtihie handū. Agīkinyūkia maturubarīinī marīa mamīgitīte, na, arora na hau nja, akīona kībaū kīandīkītwo Raimbararī ya Kīrīmakīega. Agīikūrūka hakuhī na ndirica. O rīrī areyūria kana aingīre thīinī akarore mabu, no rīo aiguire mūndū akīīrīra ūngī njīra ya gūthiī Munihutuni, na akīmūigua agweta bara īthiīte nginya … Mūico Mūkuū. Mūico Mūkuū? O kūrīa aragweteirwo nī mūhunjia wa Theniteria? Nī kuo ngūthiī, akiuga, na akīūmbūka.

XVI

Kwarĩ rũciinĩ kĩroko. Kĩbii nĩ gĩatogaga ta ndogo igũrũ rĩa manyũmba matheca-itu ma Niuyoko, gĩgathika mataraca. No gĩathirathira, nĩ aahotaga kuona kũũrĩa thĩ. Kĩrĩa kĩambire gũtũnga maitho make, nĩ mbũtũ ya athuri na atumia na ngui mabarabarainĩ ma Manihatani.

Ngui icio ciarĩ cia mĩthemba na mĩiganĩre mĩingĩ, kuma tũrĩa tũigana twana twa nyau, nginya iria cigana njaũ ya mbogo. Imwe ciahumbĩtwo nguo cia maguoya ma ng'ondu na maburana ma goro ma marangi mĩthemba mĩingĩ, na ingĩ ikagemio na mĩgathĩ ya thahabu na ndayamondi ngingo. Nao ene cio, athuri kana atumia, maakuwĩte o mũndũ gĩcakũri na kĩmũhuko ng'ong'o. Ngui imwe itiarĩ njohe, no nyingĩ ciarĩ na mĩcibi ngingo. He hĩndĩ oonire mũtumia ũmwe warĩ na ngui ithano mũmbĩre mĩthemba, iria ciamũgucagia na mĩena ĩtano, imũthiũrurakagie gatagatĩinĩ ka bara, akĩgeria kwĩrigicũra mĩkwa.

Andũ aya maathiyaga mahĩtũkanĩte matekwaranĩria, tiga rĩmwe rĩrĩa ngui ciarugama kũnuhanuhana, nao ene cio makoya kamweke kau kwaria cia ngui ciao, na Mfuachuma agĩtua atĩ hihi ngui nĩ cio itũmaga andũ a Niuyoko maaranĩrie. Na cio ngui nĩ ta ici iracindana nĩ ĩrĩkũ ĩngĩmĩa maingĩ na gũthuguma kaingĩ yoyete kagũrũ na mwena ihũbainĩ cia mĩhuko mĩirũ ya mahuti mĩenainĩ ya bara, na ikĩrĩkia ũguo, ene cio nĩ mainamirĩire ho na icakũri, kũhakũra mai makĩmaikagia mihukoinĩ ng'ong'o. Marabokera mai mĩhukoinĩ nĩkĩ? Nĩ makamate cioroinĩ kana kĩĩ? Cioro cia ngui ihana atĩa?

Agĩtonya kĩoroinĩ kĩmwe eyonere. Handũ ha ngui, Mfuachuma akorire kũiyũire andũ arĩa matarĩ mĩciĩ. Rĩu nĩ kwĩbarabaria mebarabaragia mookĩre na ihenya matigakorwo kuo nĩ borithi. Rĩrĩa monire nyoni yaingĩra, amwe makiuga, onei nyoni ya borithi, nake ũngĩ agĩcokia, aca ĩno nĩ kũra yũrĩte, nake ũngĩ, ĩĩ ĩno ĩhana o ta ithuĩ ndĩrĩ gĩtara, nao angĩ makiuga, nyoni wĩthiĩre, tigana na mĩnungo ĩno, coka kwanyu rĩerainĩ, nake ũngĩ agĩcokia, o na rĩo rĩera rĩu rĩtitũirie ũtheru.

Mfuachuma akiuma kĩoro kĩu na ihenya, na nĩ guo rĩu oonire atĩ mbũtũ ĩrĩa ya arĩithi a ngui yathiyaga igĩikagia mai mabubainĩ konainĩ cia mabara. Agĩkĩmenya atĩ mbũtũ ĩyo yoimagĩra bara tene ũguo nĩ getha ĩnyuithie ngui ciao rĩera rĩa rũciinĩ, bara ĩtanacindanĩrwo nĩ mbica ĩrĩa rĩu yamũtũngire: mĩondoro na mbathi na mategithi ma rangi wa ngoikoni na ndereba itaratigithĩria honi. Mbũtũ ya ahoyi na ya arĩa matarĩ mĩciĩ yakururĩtie tũkari twa thubamaketi tũhĩbe thaburia na ndangari. Mbũtũ ĩrĩa ĩngĩ yarĩ ya borithi ya nguo cia bururu, nayo

37

yahĩtũkanaga na ya mũingĩ wa ethiĩri wĩra na wa agũri na wa atarii. Nao andũ nĩ ta aya maaikaraga magĩtahĩkagwo barabarainĩ kuma miungu ya thĩ konainĩ cia mabara, aingĩ ao manyitĩte tũmũngũrio matũinĩ mao. Andũ acio othe maathiyaga ta aya atindĩke kuma na thutha nĩ hinya wa thitima, atĩ mũndũ ndangĩrũgama kana athiĩ kahora, nĩ ta ũyũ mũhũgũyie kĩongo nĩ mathĩna matangĩtarĩka, atĩ no mũhaka akamahingie, na ndarĩ na mathaa, kwa

ũguo hingo ciothe no ihenya rĩrĩa rĩatũmaga Mfuachuma aririkane rwĩmbo rũrĩa rwa mbathi ĩrĩa itahurũkaga nĩ mĩhang'o.

Aroranga, akĩona ningĩ andũ a Niuyoko nĩ a ndũrĩrĩ, ndini, ikonde, thiomi nyingĩ, na mĩhumbĩre mĩingĩ, na akiuga, kaĩ ũũ nĩ wega ĩ, andũ a mĩthemba mĩingĩ gũtwarana barainĩ na thayũ, ta nyoni cia marangi, mĩũmbĩre, mĩthece, mathagu na ndwara itigaine na irombũkĩra rierainĩ rĩmwe? Mũtukano ũcio ũkĩmũririkania Mũtĩ wa Abirika, Zimbabwe.

O hĩndĩ ĩyo nĩ rĩo hookire rũhuho, na rũkĩgũrũkia T-cati njerũ ya mandĩko mairũ, rĩerainĩ, hakuhĩ kũmũgũtha. Agĩtua kũmĩeherera, ĩkĩnyitwo nĩ kũgũrũ gwake. Gwa kahinda ta ka ndagĩka ĩmwe kana igĩrĩ, T-cati ĩyo na mandĩko mayo, I L♥VE NEW YORK, 'O' ya mbere ĩ ya rangi mũtune na mũhano wa ngoro, ĩkabĩrĩrĩka rĩerainĩ, ta arĩ bendera Mfuachuma anyitĩte na kũgũrũ gwake. Rĩĩrĩ rĩngĩ T-cati ĩkĩhatũka ndwarainĩ ciake ĩkĩũmbũkio nĩ rũhuho rĩerainĩ ĩgĩthiĩ ĩgĩthiĩ nginya o rĩngĩ ĩkĩhata kamũcobeinĩ ga kĩnyũmba gĩtheca-itu kĩraihu gũkĩra iria ingĩ ciothe Niuyoko, harĩa rĩu yaikarire ĩrerete rĩerainĩ ta bendera ya wendo ũtarĩ mwamũkĩri. Kaĩ ndiganĩirwo nĩ kĩrĩa kĩndehire mĩena ĩno, tondũ nyambire kũgegio nĩ mĩthiĩre ya andũ na ma-T-cati?

Akĩanjia kũriũnga akĩroraga kana nĩ ekuona Mũico Mũkuũ. Rĩrĩa Mfuachuma onire mandĩko, *Dead End*, ainainire mathagu mothe nĩ gĩkeno. No agĩthiĩ kũgarũrũka getha ombe hau, akĩona ĩngĩ yarĩ na mandĩko ta macio. Akĩigua ahĩngĩcĩka. Agĩtua ningĩ orũrange, no mahĩtia nĩ atĩ, o bara ĩrĩa atwarana na yo, yarĩkagia na mandĩko *DEAD END* na kwa ũguo rĩu ndaamenyaga nĩ Mũico Mũkuũ ũrĩkũ ekũrora. Akĩhana ta ũyũ watahwo nĩ ngoma cia mĩhang'o ya Niuyoko, ombũkage haha na haarĩa.

Nĩ rĩo rĩmwe oonire kĩnyũmba kĩmwe kĩnene, hakuhĩ na *Dead End* ĩngĩ, na hau igũrũ hakandĩkwo *Wonjoria wa Ibege*. Akĩũmba ndiricainĩ ĩmwe, akĩona ndarona thĩinĩ wega, akĩrũga harĩ ĩngĩ, agĩthiĩ akĩrũgaga o ũguo kuma ndirica ĩno agathiĩ harĩ ĩngĩ nginya akĩrũgama harĩ ĩrĩa yamuonagia wega ũrĩa kũrekĩka thĩinĩ.

Mfuachuma akĩona andũ mahihinyanĩire kuo thĩinĩ, na othe moonekaga ta aya athũku ciongo tondũ othe maakoragwo na thimũ gũtũ na tũbuku moko na rĩngĩ tũratathi tumandĩke magotiinĩ na no mararora rũthingoinĩ, magĩcabaga na kwaria maanĩrĩire. Agĩcoka akĩona amwe maturĩtie ndu mbere ya tũkombiuta. Hĩ! Kaĩ nyũmba ya wonjoria ĩtuĩkire hekarũ ya mahoya?

Agĩcoka akĩona atĩ aingĩ nĩ arĩa marũngiĩ mbere ya thikirini nene ya kombiuta yacuurĩtio rũthingoinĩ harĩa andũ othe maikaraga magĩikagia maitho. Thikiriniinĩ ĩyo harĩ ngirabu ya marũũri na manamba, marĩa maikaraga magĩtindĩkagwo na kweherio thikiriniinĩ nĩ marũũri mangĩ. Mfuachuma akĩamba kũgega nĩ kuona andũ amwe makĩrĩra na kũgirĩka nĩ kĩeha, rĩrĩa arĩa angĩ mararũhia na kũhuha ihũni nĩ gĩkeno. Kĩrĩro na mĩtheko igĩkĩrĩria gũcindana, nginya Mfuachuma agĩkaya nĩ ũrirũ ũyũ ũrarirũkĩra maithoinĩ make, tiga atĩ kĩrĩa kĩoimire mũkanyeinĩ no kamũrũri ka nyoni, karĩa kaameririo nĩ mũhũyũko wa inegene rĩa kĩeha na gĩkeno.

Kĩambĩrĩriainĩ Mfuachuma nĩ aarigagwo nĩ ũrĩa kũrekĩka no arora mũno wega akĩanjia gũtherathererwo nĩ ũhoro.

Kĩndũ gĩothe kĩ muoyo kana gĩciarithĩtio nĩ kĩndũ kĩ muoyo thĩinĩ wa thĩ yothe, kĩarũgamĩrĩirwo nĩ kĩbege. O kĩbege kana gĩkundi kĩa ibege, kĩarĩ na mũtungatĩri. Atungatĩri acio magacitwara hekarũinĩ ya ngai ĩtaroneka, ĩrĩa ĩikaraga kũndũ gwĩtagwo mũtando na gĩthwaĩri, kana *cyberspace* na Kĩngenũ, no ti kũndũ kuonekaga na maitho. Ngai ĩyo nayo ĩgathima ibege icio na ratiri ĩtaroneka, ĩgacihorania, na ĩgacihe boiniti kana mũtĩ. Boiniti nĩ cio cionagwo ngirabuinĩ thikiriniinĩ nene rũthingoinĩ, na icio nĩ cio namba iria Mfuachuma onaga ikĩingĩha kana kũnyiha.

Rĩrĩa mũtungatĩri ona ibege iria aratungatĩra nĩ ciambatia boiniti agakena mũno na ciagũithia boiniti akarakara mũno. Nĩ kĩo kuonckaga amwe matherete ũthiũ na gutheka rĩrĩa arĩa angĩ mahohete ũthiũ na kũrĩra.

Tiga atĩ o na acio maratheka, moonekaga marĩ agagayu nĩ kũrigwo gũgũtuka atĩa. Kwoguo nĩ kwarĩ na atungatĩri-a-atungatĩri arĩa matuĩkaga nĩ amenyi ũrĩa ngai ĩyo ĩrahiũria kĩongo. Meyĩtaga Athomi-a-Thaikoronjĩ ya gĩkai kĩu. Wĩra wao warĩ wa kũngania boiniti ciothe cia ibege na gũcigayania na ũingĩ wa ibege makanyita gĩtagatĩ. Hau atĩ nĩ ho maahotaga gũthoma meciria ma ngai ĩyo, kũmenya kana nĩ ngenu kana nĩ ndakaru, na makageria kũratha ũrĩa ngoro ya ngai ĩyo ĩgakorwo ĩhana rũciũ.

Na o andũ a gũtambia ũhoro magathathaura ndeto na gũtũma ng'ano ciĩgĩ ngoro ya ngai ĩyo. Mũigana wa mĩtĩ kana boiniti cia ibege nĩ ũhoro wetereirwo kũndũ kũingĩ na, kũringana na ũrĩa Mfuachuma aacokire kũmenya thuthainĩ, ũhoro wa boiniti icio hamwe na mũikarĩre wa ngoro ya ngai ĩyo wakoragwo wĩ mũtweinĩ wa ũhoro magathĩtiinĩ ma o-mũthenya na o-kiumia na terebiconiinĩ, na rĩngĩ cia bũrũri mũna ciagwa mũno bũrũri ũcio ũkerwo nĩ wahara thirikari yakuo ĩkang'aũka.

Mfuachuma akĩririkana rũgano rwa King'i Wahiti *Mbukuinĩ ya Mithiri ya Akuũ* ũrĩa wahũthagĩra maguoya ma nyoni gũthima ũritũ wa Ma wa ngoro cia andũ atanambatĩria amwe kwa Ngai-Wahũngũ na gũikũrũkia acio angĩ kwa Ndaimono-Kĩbeberi. Ningĩ agĩcoka akĩririkana Mũtungatĩri wa Theniteria ũrĩa wamwĩrire ũhoro wa Mũico Mũkuũ. Gĩkĩ kĩnyũmba nĩ kĩo gĩtumĩirie ũhoro, Mfuachuma akĩyĩra. Ĩno kũna nĩ yo Hekarũ ĩrĩa kĩhumo gĩa kĩronda! Kĩhonia gĩkĩrĩ ha?

XVII

Arĩ o hau, arigĩtwo nĩ ũrĩa rĩu egwĩka, Mfuachuma akĩona nyũmba ĩngĩ yarigainie na ĩyo ya andũ ahũgũku kĩongo. Aikia maitho mwena wa kĩingĩrĩro, akĩona mũrorongo wa atongoria a Abirika metereire hau nja. Agĩthiĩ akĩũmba ndiricainĩ.

Rumu ĩyo yahanaga ta wabici. Andũ a thuti njirũ na matai ma ngiree, maikarĩire itĩ mathiũrũrũkĩirie metha ya mũthaitĩ, ya gĩthiũrũrĩ, ĩrĩa yahenagia takĩ. Aya nĩ andũ mekindĩire, matirĩ na ũgũrũki, akiuga. Thingoinĩ mĩenainĩ yothe, gwacurĩtio thikiriini nyingĩ cia makombiuta, ta arĩ magemio. Aya nao mareka atĩa? Nĩ kĩĩ metereire? Mũndũ wehumbĩte ta mũthigari agĩtũmwo nja, kwĩra mũtongoria wa mbere aingĩre, getha ahũngwo mahũri.

Mũtongoria ũcio agĩikarithio gĩtĩ aroranĩte na acio maikaire methainĩ: "Nĩ ũrakĩmenya nĩ ithuĩ arũgamĩrĩri a Ngwatanĩro ya Atũmwo-a-

Nding'ũri (Global Corporation Agency Inc,) ĩrĩa nayo ĩrũgamĩrĩire Nding'ũri-cia-mbeca-Thĩ ng'ima (Global Moneyocracts)," Nding'ũri nyene gĩtĩ ĩkĩmwĩra.

Magĩkĩmũria arore mabu yarĩ thikiriini ĩmwe rũthingoinĩ. Yarĩ mabu ya bũrũri wake. Mabuinĩ ĩyo harĩ na tũmĩguĩ twamenamenũkaga, o kamũguĩ koorotete harĩa hothe haarĩ na thahabu, ndayamondi, maguta, rũthuku, uraniamu, na ũtonga-wa-mũmbĩrc ũrĩa wĩyerũhagia kana ũteyerũhagia. Mũtongoria ũyũ aathamirie kanua gake nĩ kũmaka, hakuhĩ gakahũke, nĩ kuona ũrĩa nding'ũri ici ciũĩ bũrũri wake kũmũkĩra. Ati o nĩ moĩ cia ũtonga ũrĩa mũhithe ndainĩ ya tĩĩri na runguinĩ rwa maaĩ!

Nding'ũri ĩo nyene gĩtĩ ĩgĩkĩmwĩra atĩ o nĩ meharĩirie kũgũra raithenithi ya kwenjera na kũgetha ũtonga ũrĩa wothe wĩ bũrũriinĩ wake, o hamwe na ũrĩa ũngiuma mokoinĩ na tomboinĩ wa andũ ake. Agĩkĩmwĩra ta ũũ: gĩcunjĩ kĩa mĩrongo mũgwanja harĩ igana, kĩrĩthiyaga kũrĩ Global Agency Inc nĩ ũndũ wa hakirĩ na mũthithũ ũrĩa mahũthĩrĩte harĩ gũtuĩria na gũcora, na ningĩ ũrĩa mekũhũthĩra magĩkũria. Nakĩo gĩcunjĩ kĩa mĩrongo ĩtatũ harĩ igana gĩgathiĩ harĩ bũrũri, kũgayanwo ta ũũ: gĩcunjĩ kĩa mĩrongo ĩirĩ nĩ kĩo kĩa bũrũri; na gĩa ikũmi, mũhukoinĩ waku mũtongoria.

No rĩrĩa kuonekire ta mũtongoria atanakenio nĩ mũbango ũcio, magĩkĩmwĩra ndagatangĩke ngoro nĩ kaũndũ ta kau. Nĩ marĩmũigagĩra igai rĩake bengiinĩ cia hitho, ũũ atĩ andũ ake matikamenya ici, rĩ kana rĩ. O na aigua ũguo ndaatigire kũnuguna, nao makĩmenya o rĩmwe atĩ, ti kũmenyeka nĩ andũ ake kũratũma mũtongoria ũyũ ahinde – akĩrĩ we mwene bũrũri – nĩ mũigana wa igai rĩake watũmaga aimbie iromo. Igai rĩake rĩgĩkĩongererwo rĩgĩtuĩka rĩa ikũmi na ithano, na rĩa bũrũri ikũmi na ithano, nake akĩiganĩra narua.

Nao makĩmwĩra atĩ tondũ nĩ mamwĩka ũguo, nake no mũhaka amaiguithie na akindĩre wega atĩ mbirarũ na borithi yake yothe nĩ īrīhotaga kūrīithia aruti a wīra na mūingī wa būrūri wega. Ahingia ūguo, nao nī megūtigīrīra atī nī arīkombagīrwo cia kūrīha indo cia mbaara iria angīenda, cia kūmūhotithia kuona atī andū ake matikoiga nyuru kana cere, matikonio nganga mbute. Nake akīmera: "Tigaai kūmaka kana kwenyenyio nī nganja: nī ma atī andū akwa me rūtha rwa gūikia mītī ya karatathi. No nacio mbūtū ciakwa nī ciūī gūikia mītī ya mwaki. Ithako rīa mītī na mītī ndīrīūī ta rūrū nī rū," akiuga athekete nī itherū rīake.

Acio angī maagaīirwo ūtonga wa būrūri wao na mūbango ūcio, no matiamenyaga ūguo nī guo tondū o mūtongoria athogoranaga nao arī o wiki, na oima, ndaakunyagīra arīa angī ūrīa ona, kana ūrīa maiguithanīria.

Ūmwe tu, nowe waremirwo nī gūtumīria mawega marīa eyonera. Mabu ya būrūri wake ndīonanagia kīndū o na kīmwe kīa goro rungu wa thī kana rwa maaī, na akīanjia kūgirīka mbere ya nding'ūri ici. Mwene gītī akīmūnengereria tūtambaya twa kwīgiria maithori. *Please*, wīgirie maithori. Tiga kūmaka, akīmwīra.

"Ta ndora wega," akīmwīra, akīmūthathayaga kīande. "Būrūri waku ūgūgūciarīra ūtonga mūingī o na makīria ya mabūrūri maya maraganwo ūtonga wa maguta, thahabu na ndayamondi. Tua būrūri waku mbīrīra ya mai ma nukiria, na ya kemiko iria ndūrū. Wee wendagīrie ndūrīrī iria ingī gwa gūthikaga gīko kīao, kana tuge gīko kīao gīgatuīka thahabu mūhukoinī waku. Gīko kīa niukiria na kemiko icio nī cio ikuīte mīrimū ya kanja, no kīrīenjagīrwo irima inene, na andū aku matikamenya kīrīa gīthike ho. Ningī mwena ūcio wothe no ūhūrwo marubuku andū kūingīraga o ūguo, atī nī ūndū wa *Joint Military Exercises*!"

Ūhoro ūcio wamūninire kīeha ngoro na kūmūgiria maithori na ihenya gūkīra ciugo cia tha na itambaya ngiri. Werū wa mūthanga ūgatuīka warīī wa kīgīna mūhuko! Agītega matū wega aigue ūrīa mekūgayana:

"Gīcunjī kīa mīrongo mūgwanja harī igana nī gitū; kīa mīrongo īīrī, kīa būrūri, na gīa ikūmi gīaku. Tiga atī ūngīenda no ūhithe andū aku

cia mūbango ūyū, na kwoguo wĩkĩre ciothe – ciaku na cia būrūri – mūhuko, na tūkūigĩre bengi gūkū, karĩ nda ya bengi cia kūraya na gwaku gatiĩyumbūraga. Rĩrĩa waigua ūkĩenda kūruta tūmwe, ūkera būrūri atĩ wathiĩ mūrīmo kūmamathĩra ūteithio. Kuma harĩ maciaro ma gĩcunjĩ gĩaku, tūkahe andū aku gĩcunjĩ gĩa ikūmi atĩ nĩ ūteithio ūrĩa ūtarĩ mūthaye na mĩkanda. Tūteithie tūgūgūteithie tūteithanie: T-ITHATŪ:"

Kūigua ūguo, mūtongoria ūcio akĩhuria tūtambaya tūrĩa twa kwĩgiria maithori, no rĩu nĩ ma gĩkeno. Mūtongoria aiguire ngatho nyingĩ ngoroinĩ atĩ rĩrĩa oimire nja athiire anĩrĩire ūrĩa agarūra būrūri wa mūthanga watuĩka mūgūnda wa thahabu. Kũigua ũguo, acio angĩ matiarĩire marĩgu, o mūtongoria eheyaga gĩtūmi gĩa gūcoka thĩinĩ, no nĩ kũmathaitha matue gwake mbĩrĩra ya mai ma niukiria na kemiko. O na ũmwe akĩmaiguithia ũrĩa ekũnina mĩtitũ yothe gwake, būrũri wake aũtue wa thahabu cia mai ma nukiria.

O hĩndĩ ĩyo mararũhia, mūtongoria ũmwe wacereirwo nĩ ũndũ wa kwamba kũhĩngĩcwo nĩ kaũndũ būrũriinĩ wake, agĩũka ahiũhĩte na akĩĩra arĩa akorire hau nja atĩ mathiĩ ndundu matikahũrwo na gathanju kamwe, no ningĩ amenya atĩ nĩmekũrĩkĩirio, agĩkĩmathaitha mamweterere getha acoka macokere ũrĩa gwekĩka marĩ hamwe, na akĩhungura na thĩinĩ.

Ciamuona, Nding'ũri ikĩamba kũrorana ta ici itekũmwĩrĩgĩrĩire, na imwe ikĩhehanĩrĩra: githĩ ũyũ tūtiroigĩte ciake ithondekwo nĩ andũ ake! Mang'ũrĩ mao makĩongerereka maigua mūtongoria ũyũ aregana na mūbango wothe, mĩri na hwang'wa, igai na mūgayanĩre. Akiuga:

"Andũ akwa marandũmire gũkũ kuga …" akĩanjia gũtenderia ũhoro, no mwene gĩtĩ akĩmũrengera igũrũ.

"Kaĩ mūtongoria ũyũ wĩragwo nĩ andũ aku ũrĩa ũgwĩka, nawe ũgateng'era kũhingia wendi wao? Kaĩ wĩ mūtongoria wa gũtongorio?"

Mūtongoria ũcio akĩhana ta ũyũ wahĩngĩcwo nĩ kĩũria kĩu, agĩcoka akiuga:

"Niĩ ndĩ mūgambo wa mũingĩ, na marenda ndũgamĩrĩre ma na kĩhooto na ũtonga wa būrũri wao."

O hĩndĩ ĩyo hau hakĩingĩra mũndũ akĩnengereria mwene gĩtĩ karatathi karĩa aikirie ritho, amwe ao matumĩirie mĩtheko, agĩcoka akĩrora na kwĩ mūtongoria, akĩmũnengereria karatathi, akiugaga na mũgambo wa tha:

"Andũ aku nĩ maragwĩta ũcoke." Karatathi kau kandĩkĩtwo: ŨHORO MŨHIŨ na koigĩte atĩ mūtongoria ũcio nĩ mũgarũre nĩ mbirarũ ciake. Na mũnene wa mbūtũ cia mbaara, ũrĩa ũroire ũnene, rĩu e njĩrainĩ arorete Niuyoko, gūcemania na atongoria arĩa angĩ a Abirika …

XVIII

Mfuachuma aiguire akĩenda gũkayũrũrũka kaũndũ no mũkanye
ndũmũreka. Akĩgeria gũikia thari na magũrũ na mathagu, nĩ ruo
na marakakara. Akĩgwa thĩ mu.

Ahingūria maitho, akīigua ngoro yahorahorera nī kuona Wahu, mūtumia wake, na nda yake, arūgaime hakuhī nake. Akīamba kwīhutia mīromo, no ndaigana gwītīkia ūira wa twara twake. Agīūkīra akīguthūka na thīinī, akīīrora na gīcicio. Rīrīa onire atī iromo ciake ti mūthece, moko make ti mathagu, na banjama ciake na itonyo rīa igūrū no iria ekwīhumbīte rīrīa rīa mbere eyarire gītīinī ahurūke, akīigua ahorera ngoro wega, agīcoka barandainī.

Tūtari twake twarī o hau thī, magūrūinī ma gītī. Ūtiganu wa hīndī īyo na rīu no atī kīruru kīa rūcinī rīu kīarī kīa kīhwaīinī.

"Ngai agathwo," Wahu akīmwīra. "Nyuma hakuhī gwīta ndagītarī. Ūtukū wothe, kwīyarīria. Naguo mūthenya wothe ūkome ūkīnegena ta nyoni. O na mūgate ndūnaria warīyo nī nyoni …"

Aigua ūguo, Mfuachuma akīroria maitho na ya nja, akīona kīnyoni kīirū kīrūgaime karūgiriinī. Maitho mao magītūngana, nyoni īkīhana ta yamunīra ritho, īgīcoka īkīoya mathagu, īkīūmbūka īgīthiī.

Rīu akīigua ainaina nī mbica cia maūndū marīa mothe ekuonaga ta marekīka kīabiū. No ningī ūcayanici wake ūkīmūcoka, akīīyūmīrīria. Kīu gīothe kiuma kīroto. Gūtirī ūndū ta ūcio, wa nyoni kwaria, nake gūteng'erio nī maitho atarona. Ng'endo icio na nyoni icio, nī mbica cia kīongo kīhiū nī ūndū wa ngoro kūhīyahīyana nī rūgendo rwa gūthiī Niuyoko, gūkuhīhīria.

XIX

Mũthenya ũyũ ũngĩ Mfuachuma akĩoya rũgendo arorete ya Manihatani, Niuyoko. Ngoro yake rĩu nĩ yahorerete biũ, tondũ nĩ eheretie maheni ma kĩongo. Tiga atĩ, rĩrĩa onire ndege ikĩũmbũka na kũmba kĩhaaroinĩ kĩa ndege gĩa Karibuni International, na thuthainĩ kĩa Heathrow, Randani, nĩ onire wega atĩ ndege ĩhana nyoni rĩerainĩ. Ndege ĩgĩakwo ĩkobagia mathagu na mũmbũkĩre wa nyoni, na akĩmenya wega nĩ kĩo gĩatũmire cĩĩtwo ũguo na gĩthwaĩrĩ.

Maikarire Heathrow thikũ igĩrĩ nĩ ũndũ wa mũhũro wĩgiĩ ageri-ngero. Ũgwati ũcio watuĩrio na ũkĩoneka nĩ muhuhu, ndege igĩtĩkĩrio kũmba na kũmbũka. Rĩrĩa mũicoinĩ maakinyire Niuyoko rũcinĩ kĩroko, na Mfuachuma agĩthiĩ mũkawainĩ wake, Luxury Lexington Hotel Complex, hakuhĩ na Grand Central na United Nations, aakorire rumu yake ĩtarĩ tayarĩ, tondũ matiamwĩrĩgĩrĩire mathaa macio. Akĩamba gweterera hau Kĩamũkanĩro.

THE ENVIRONMENT
Birds, Birding, and Ornithology
The Birdy Archeologist

Agĩĩtia gĩkombe gĩa kahũwa agĩcoka akĩgũra ngathĩti ya *Mahinda ma Niuyoko*, anyihie kahinda nayo. Akĩroranga mĩtwe ya ũhoro. Aarĩ mũhote nĩ mĩnoga ya rũgendo na ndaiguaga e na hinya wa kũrũmĩrĩra maũndũ maritũ ta ma ũteti. Akĩguũrangia maratathi o ũguo nginya rĩrĩa akorire gĩcunjĩ gĩetagwo: MACIGĨRĨRIA. Maitho makĩregera hau.

Gĩcunjĩ kĩu kĩarĩ na gacunjĩ kandĩke: Nyoni, Wĩroreri, na Ũtuĩria. Mfuachuma akĩamba gũtithia harĩa kamũtwe kangĩ koigĩte: Nyoni ya Maganjo. Karatathi kau kaheyanaga cia ũhoro ũrĩa atĩ rĩu ũinainĩtie eroreri a nyoni hakuhĩ thĩ ng'ima, kuoneka kwa nyoni ng'eni rĩerainĩ, njorua icio itaahotaga kũmĩtua kana kũmĩhatĩra mũtaratarainĩ wa irathi cia nyoni ũrĩa wĩtanagio na Carolus Linnaeus kana o mũtarĩre ũngĩ tondũ nyoni ĩyo nĩ yaregete mĩtaratara, bamĩrĩ ya makĩria ma ya irathi ngiri ikũmi iria ciũĩkaine nĩ njorua na eroreri a nyoni.

Nyoni ĩyo atĩ yambire kuonwo Thibai, Mithiri, maganjoinĩ ma Hekarũ ya Kaanaki nĩ Dr Gregory, Burobetha Harvard, njorua ya Hithitũrĩ na Macigĩrĩria, na Mwĩroreri Nyoni, ũĩkaine thĩ ng'ima. Nake akĩoya gakombiuta gake ka BlackBerry, agĩtwita, agĩtũma ũhoro itanetiinĩ Rũrenda rwa thĩ yothe kĩeyainĩ kĩa eroreri nyoni, naguo ũhoro ũkoyererwo nĩ cũcũmindia, na thutha wa kahinda gatarĩ coho ũhoro nĩ wahunjĩte mburogoinĩ, cieyainĩ na rumu cia ndereti ciothe cia eroreri nyoni. Nao eroreri makĩanjia kũmĩohia.

Nyoni ĩyo yacokire kuoneka Mogandishu kĩrĩmainĩ kĩhana nyondo igĩrĩ cia mũtumia, na eroreri a nyoni makĩanjia kũmĩrũmĩrĩra na ndurumeni, na kwĩranĩra kũrĩa yonwo na kũrĩa yarora nao acio merĩrwo magakorwo mamĩohetie na ndurumeni, atĩ o na kũrĩ maamĩrũmagĩrĩra na tũtege twao. No kĩrĩa atĩ kĩamahotithagia kũmĩrũmĩrĩra nĩ *Global Positioning System*.

Nĩ ũndũ wa *Global Navigation Satellite*, nyoni yacokire ningĩ kuonwo Marindi, Mombatha, na Zanzibar, kũrĩa yamonyokire mokoinĩ ma atarii mũgũndainĩ wa mĩtĩ ya irio, ĩgĩcoka kuonwo Zimbabwe, Thaũthabirika, Angora, Kongo, Nainjĩria, na thutha ũcio ĩkĩonwo yaringa ndia ndiku ya Atiratĩki ĩrorete Bahia na icigĩrĩrainĩ cia Karimbia na mũicoinĩ, ĩrorete Haiti na Kiumba kũrĩa yorĩire irĩmainĩ cia Sierra.

Ũndũ ũrĩa warĩ wa magegania wa nyoni ĩyo nĩ gũtuĩka atĩ yombaga o maganjoinĩ, na nĩ kĩo yabatithĩtio, Nyoni ya Maganjo, na atĩ, tiga rĩmwe tu eroreri a nyoni a Amerika a mwena wa Irathĩro moonire albatross yumĩte mwena wa Ndia Ndiku ya India, gũtirĩ kuoneka nyoni yumĩte kũnene ũguo, atĩ o na mũthiĩre wayo, ũringithanĩtio na wa nyoni iria ciũĩkaine atĩ nĩ thii mũno, ta seagulls kana thũngũrũrũ, nĩ wonanagia atĩ Nyoni ya Maganjo nĩ yoinĩte rekondi ciothe cia thabari ndaya. O na kũrĩ megeragĩria atĩ yumĩte thĩ ingĩ, ta Mars, na makoria njorua cia ũmenyi wa thĩ ingĩ, a Amerika, Racia kana Caina, mamĩnyite ĩtwarwo rambu ĩgathomwo wega nĩ njorua cia nyoni, na ogĩ a cayanici ya thibethi na makĩria arĩa makoragwo makĩenda kũmenya kana kwĩ muoyo thĩ ingĩ.

Angi nao makoiga atĩ nyoni ĩyo yokĩte gũthigana thĩ ino getha ĩtharĩkĩrwo nĩ Ageni, aikari a thĩ ingĩ, na makoiga mbũtũ cia mbaara cia thĩ ĩno, itongoretio nĩ Ngwatanĩro ya Mabũrũri, cikare ciĩharĩirie.

Nao andũ a ndini makoiga atĩ gũka kwa nyoni ĩyo nĩ kĩguũrĩrio kuma Kĩrĩkanĩroinĩ, o ũguo.

No ningĩ, ta ĩno ĩrathaka na hakiri ciao, o rĩrĩ mareciria nyoni nĩ yagirwo biũ, nyoni yacokire kuonwo ĩrerete rĩerainĩ rĩa Manihatani, Niuyoko, itanacoka kũmba ndiricainĩ kĩnyũmba kĩrĩa Mũgomano wa Kũhonokia Abirika wa atongoria a Abirika na ndongoria cia mbeca cia thĩ, [na Kĩngerecha –Africa Salvation Summit (ASS)], mehingĩire magĩcira ũrĩa mekũnyita mbaru mũcemanio wa njorua cia Cayanici na Ũturi na mĩbango ĩrĩa njorua icio igũcora.

Akĩrĩkia ũguo, Mfuachuma no magũrũ oire arorete rumuinĩ yake akahurũkie mwĩrĩ ũrĩa rĩu wainainaga kuma rũcuĩrĩ nginya kĩara gĩa kũgũrũ, akĩyũragia kana o nake nĩ gĩthanamu, kĩmũndũ gĩtarĩ ho biũ, kĩbica!

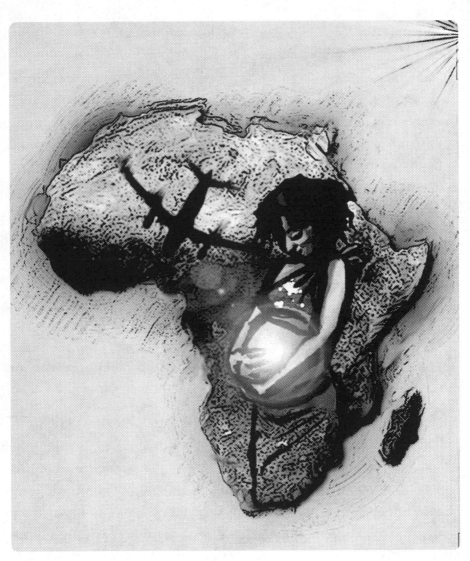

Ũtukũ gatagatĩ akĩhahũka toro, agĩakia matawa, agĩikara ahingũrĩte maitho. Ta tiga! Nĩ kĩroto kana biũ nĩ aigua mũgambo wa kĩnyoni kĩrĩa?

Nĩ niĩ kanyoni karĩa ka rũganoinĩ, karĩa rĩmwe gatũmirwo nĩ mũciairĩ kwĩra mũturi ũratura aturature na ihenya ainũke gwake mũciĩ kũrahiũhanĩrio nĩ marimũ.

Rũcinĩ akĩoya tegithi arorete kwa ndege acoke mũciĩ. Kĩronda na kĩhonia kĩa Abirika ciĩ Abirika.

Ũtabarĩri wa Ciugo

Mũhithe	–	Amon
Angora	–	Angola
Wahiti	–	Anubis
Marao	–	Berbera
Njambagĩtungati	–	Boukman
Mbarĩ ya Hũngũ	–	Bihungwe
Wĩyathi	–	Chimurenga
Bara ya kĩheyokĩangai		Calle Maceo
Kĩheyokĩangai	–	Maceo
Wamarũrũ	–	Dessalines
Macigĩrĩria	–	Environment
Mũhithitũria wa Macigĩrĩria	–	Environmental Historian
Wahũngũ	–	Horu/Horus/Heru
Herodutu	–	Herodotus
Hũngũ	–	Hungwe
Nyonimũkingo	–	Ibis
Wathũmbĩ	–	Isis
Njĩcũ	–	Jesus
Kaanaki	–	Karnak
Kĩrwa	–	Kilwa
Kwaũtheri	–	Limbe

Marindi	–	Malindi
Mombatha	–	Mombasa
Mutha	–	Moses
Kĩhurũko-kĩa-mũmbi	–	Memphis
Mũhonia	–	Makanda
Mũtĩ-wa-Abirika	–	Mutiusinazia
Nyondo cia Mũirĩtu	–	Nasa Hablood
Muberiki	–	Obelisk
Ngaicuma	–	Ogun
Wariũki	–	Osiris
Rũgendo rwa		
Iriainĩ Itune	–	Periplus of Erythrean Sea
Bĩramĩndi	–	Pyramid
Buratũ	–	Plato
Wariũa	–	Ramses
Ngaiyarũheni	–	Shango
Gwakiumiagĩtheru	–	San Domingo
Kĩrĩmakĩega	–	Schoenberg
Cũcũmindia	–	Social media
Mũndũrũthi	–	Sphinx
Wangero	–	Seth
KwaMũrũthi	–	Taung
Thibai	–	Thebes
Wathomemũtheru	–	Toussaint
Wathomemũtheru	–	L'Overture Toussaint
Rũũĩ rwa Ngarĩ	–	Webi Shebele

Printed in the United States
by Baker & Taylor Publisher Services